CHARACTER
ラゼル
実力主義の国・ラルクの国王の息子でありながら、実力がないということで追放された少年。
レイフェルト
ラゼルの姉のような存在の女性。ラゼルと一緒に国を出て、一緒に冒険者になる。

CONTENTS

姉が剣聖で妹が賢者で 3

戦記暗転

BRAVENOVEL
ブレイブ文庫

第一章

――ゼル王国から戻ってきて早々、僕たちは燃え上がるシルベスト王国を目の当たりにした。

そしてそこには二人の魔族と、そいつらと楽しそうに戦う赤髪の女戦士の姿があった。魔族の片方は以前にもシルベストを襲ってきたリバーズルという、どんなに攻撃しても再生する気味の悪い男。

そしてもう一方は全身に鎧を纏った、メルガークと名乗る初めて見る魔族。

それらに相対していたのは、赤髪をたなびかせ、戦闘中だというのに笑いながら剣を振る女性。ラルク王国最強といわれるロネルフィという名の戦士だった。

＊

「で、何故貴女がシルベスト王国にいるのです？　私達を連れ戻しにきたという答えなら、戦うのも吝かではありませんが？」

リファネル姉さんが対面に座る人物へと、少し威圧感を込めた問いを投げかけた。隣に座っているレイフェルト姉とルシアナも何も言わないあたり、リファネル姉さんの意見に同意してるんだと思う。

「アッハハ、一丁前に牽制しちゃって。本当に美味しそうに育ったわね。でもね、さっきも言ったと思うけど、今の貴女達と戦う気はないわよ」

そう笑いながら、僕達の対面に座る人物ロネルフィさんは、脚を組み直し、お茶を一口啜った。

「それに、今の状態で私と戦っても貴女達が死ぬだけよ？」

「……ふ、中々面白い冗談をいいますね」

「アハ、冗談なんかじゃないってことはリファネル、貴女とレイフェルトが一番わかってるでしょ？」

ロネルフィさんのその言葉で、リファネル姉さんの眉がピクッと動いた。レイフェルト姉も顔をしかめてる。

ルシアナにいたってはさっきの攻防もあってか、思いっきり睨んでるし…………

こういうやり取りを見るに、リファネル姉さんとレイフェルト姉はロネルフィさんと知り合いっぽかった。

同じラルク王国出身だし、全然不思議なことじゃないんだけど、僕はロネルフィさんを見るのは今日が初めてだった。

姉さん達の交友関係とか、全然知らないんだよね僕。仲のいい知り合いが多そうには見えないけど。

けどルシアナはこの感じだと、僕と同様にロネルフィさんと面識はないのかな。

「ラ、ラゼル様、私怖いんですけど」

僕の隣に座っているラナが皆に聞こえないように、小声で喋りかけてきた。

ラナがここにいる理由は、このシルベスト王国で何が起こったのかを詳しく聞くためだ。

あの騒ぎの後、魔族が暴れていたあの場に居合わせたシルベスト王国の騎士団や周囲の人達からの証言で、ロネルフィさんは魔族と戦っていただけで、国になにかしらの危害を加えたわけではないということがわかった。

逆にロネルフィさんが魔族と戦っていなかったら、シルベスト王国はもっと壊滅的な被害を受けていたことは間違いなかったとも証言してくれた。

ただ、あの場で話をするっていうのもあれなんで、とりあえず僕達の家に来てもらうことになった。

それが、現在の僕達が置かれてる状況だ。

姉さん達は、ロネルフィさんが自分達をラルク王国へと連れ戻しにきたんじゃないかと警戒してる。

「うん、僕も正直怖いよ……。でも戦う気はないみたいだし、多分大丈夫だよ」

なんていうか、ロネルフィさんってそこにいるだけで圧っていうのかな、よくわからないけど存在感が半端じゃないんだよね。

さっき戦ってる姿を見たときは、はっきり言ってドラゴンよりも怖かった。

実際にめちゃくちゃ強そうな魔族を撃退してたし、数々の伝説を無条件で信じさせるような、そんな雰囲気を纏っている。

「じゃあなんでシルベスト王国にいるのよ？」

少しムッとしたのか、黙ってしまったリファネル姉さんの代わりに、今度はレイフェルト姉が会話を続ける。

「う〜ん、それは国王に頼まれたから。――――っていうのは建前で、貴女達の様子を見にきただけよ。一応リファネルとレイフェルトは私が剣を教えた数少ない子達だもの。しばらく見てなかったから、どんな風に成長してるか見たかったのよ」

今さっきも、リファネル姉さんとの会話で剣を教えたようなことを言ってたけど。それが本当なら姉さん達にとってロネルフィさんは、師匠的な立ち位置ってことになるのかな？

これは今まで一緒にいて初めて知ったよ。

とはいえ、僕は自分のことに必死で姉さん達が修行してるところなんてほとんど見てなかったし、知ろうともしてなかったから、わからなくても当たり前か。

「本当にそれだけかしら？」

レイフェルト姉が尚も疑り深く尋ねる。

「まぁ国王には貴女達を連れ戻せって言われたけど、別にそれを律儀に聞く必要もないでしょ」

やっぱり実力主義国家といわれるラルク王国で最強を謳われる人だけあって、国王の言うことを聞かなくてもなんの罰則もないのかな。

「あとは勇者パーティだっけ？　この国に来てるって聞いて、そいつらにも会ってみたかったのよ。最近じゃ人間も魔族も、弱いのとしか戦ってなかったからいろいろと溜まってたの」

「はぁ、相変わらずね。でも勇者パーティは大したことなかったから期待しないほうがいいわよ」

「あら？　その口ぶりだと勇者パーティのことを知ってるみたいね？　まぁそれはそのうち自分で確かめるからいいんだけど、それより私が気になるのは貴女達がなんでそんな傷だらけなのかってことよ」

ロネルフィさんはリファネル姉さんとレイフェルト姉をそれぞれ凝視した。

「隣国でやけに強い魔族と戦ったのよ。けどこんなの傷の内に入らないわよ」

姉さん達はゼル王国での傷がまだそこかしこに残っている。

姉さん達に剣を教えたというロネルフィさんは、二人にこれだけ傷を負わせられる相手に興味があるのかもしれない。

「アハハ、魔族ねぇ。そういえばこのシルベスト王国って今回以外にも魔族からの襲撃があったらしいわね。その時の敵はどうだったのかしら？」

リバーズルのことか。さっきロネルフィさんと戦ってる時は再生してなかったけど、いったいどうやったのか気になるところだ。

「どうもなにも、貴女がさっきまで戦ってた魔族がそうよ。鎧を纏ってたほうはいなかったけど。なにをやっても再生する気味悪いやつだったわ」

「ああ、あの弱いほうね！　メルガークっていったっけ？　あの鎧の魔族がいなかったら瞬殺してたところよ。貴女達もあんな雑魚が相手じゃさぞ退屈だったでしょ？」

……………僕達がリバーズルを相手にしたときは弱いなんて全然感じなかった。

どんな攻撃でもすぐに再生するし、勇者のヘリオスさんもハナさんも戦闘不能になった。

シルベスト王国の騎士団にも結構な負傷者が出たし、なにより姉さん達も傷を負ったりはしていないものの、どう倒したものかと攻めあぐねてた。

それを雑魚呼ばわりなんて、やっぱりロネルフィさんはとんでもない実力者なんだろうね。

姉さん達に剣を教えたっていうのが、僕の中でなによりの信用材料になっている。

「あのリバーズルとかいう魔族は私が余裕で撃退しましたわ！」

と、ここでルシアナが初めて会話に入っていった。

「あら？　そういえばこのチビッ子は誰かしら？　結構強かったから、実は気になっていたのよ」

やっぱりルシアナとは面識がないようだ。

「チ、チビッ子とは失礼な……私にはルシアナという名前があります」

「へぇ貴女がルシアナね。リファネルの妹だったわね。似てるからなんとなくわかってたけどね。追ってきたファントムを戦闘不能にしたんだって？　さっきの魔術といい大したもんだわ」

リファネル姉さんとルシアナ……似てるかな？

僕はリファネル姉さんに似てるってたまに言われることはあったけど、ルシアナはよくどっちにも似てないって言われてた。

「フン、あんなのはまだまだ本気じゃありません！　話が済んだのなら早く帰ってください！ここは私とお兄様の家なんです」

皆の家だけどね……。

きっとルシアナはさっき攻撃されたのがまだ納得いかないんだろう。ロネルフィさんに食って掛かった。

「あらあら、随分とまぁ生意気だこと。昔のリファネルにそっくりだわ」

「実力で追い返してもいいんですわよ？」

ルシアナはフンと、鼻息を荒くしながら今にも暴発しそうな勢いで答える。

「ラルク出身なら私のこと名前くらいは知ってるでしょうに……でも、そんな私を前にしてその強気な態度、いいわねぇ！　どんな敵でもどんなことが起こっても、全部自分の力で捩じ伏せられるっていう自信からくるんでしょうね。――――こういう小生意気なのを実力でわからせるのも、意外と嫌いじゃないのよ私」

ロネルフィさんはそう言ってニヤリと笑う。なんだか空気が変わったような、嫌な予感がした。

そして、その予感は見事的中してしまった。

いつ立ち上がったのか、いつ剣を抜いたのかすら見えなかったが、僕が見たのはロネルフィさんがルシアナに向かって剣を振るおうとする瞬間だった。

僕の目で捉えることは不可能な、一瞬の攻防。

ロネルフィさんの剣はルシアナの首に届く直前に、リファネル姉さんとレイフェルト姉、二人の剣によって止められていた。

「――戦う気はないと言ってましたが……？」

「アハッちょっとした冗談じゃない」

「冗談にしては笑えないくらい、剣に力が籠ってるわよ？」

こっちは二人がかりだというのに、ロネルフィさんは全然力負けしていないように見える。

姉さん達が二人がかりで剣を受けるなんて……どれほどの膂力なんだろうか。

「――ほら冗談って言ったでしょ？　貴女もその物騒な魔術を収めなさい」

だけどルシアナも決して負けてはいなかった。

ルシアナの首に剣が突きつけられたのと同様に、ロネルフィさんの首にも魔術で創られた、鋭利でバカみたいにデカイ氷剣が寸止めされていた。

「収めろというのならそちらが先です。少しでも変な動きをしたら、即座に首を落とします」

ルシアナが低い声でロネルフィさんを睨む。

「あ～なんていい目をするのかしら。私がこれ以上なにかしようものなら、貴女は迷わずにこの氷剣を振り抜くでしょうね。迷いのない、とてもいい目をしてるわ！　アハハハッ！」

この人はこんな状況で、なんでこんなにも楽しそうに笑えるんだろうか？

「ロネルフィ、戦う気がないというなら早く剣を収めてください」

「はいはい、わかったわよリファネル」

リファネル姉さんがそう促して、やっとロネルフィさんが剣を収めた。だがまだ警戒してるのか、ルシアナの魔術はそのままだ。

「ほらルシアナ、貴女も早くこれを消しなさい」

レイフェルト姉が氷剣をこんこんと、指先で叩く。

「むぅ、ですが仕掛けてきたのはあっちです。謝罪を要求します」

ロネルフィさんが剣を収めたにも拘わらず、まだルシアナは魔術を収める気配はない。

「アッハハ、残念ながら私は私より強い者にしか頭を下げないの。つまり、誰かに頭を下げるなんてことはありえないってことね」

暗に自分より強い者なんていないってことなんだろうけど、それをこんな状況でリファネル姉さんとレイフェルト姉、ルシアナを前にして堂々と口にできるなんて………

「貴女もリファネルとレイフェルト同様いい線いってるから、このまま美味しく育つのよ？いつか私を楽しませてちょうだい」

余裕の表情でそんなことを言いながら、ロネルフィさんは素手で首に突きつけられている氷剣を掴んだ。

いったいなにをするつもりなのかと見てると、ロネルフィさんが掴んだ所からピキピキと、

ヒビが瞬く間に広がっていき、

――――パリン、と音をたててルシアナの氷剣は粉々に砕け散った。

「あ、今日はここに泊まっていくから、部屋を用意してもらえるかしら？」

そしてロネルフィさんは、氷剣を素手で粉々にしたあと、なにもなかったかのように再びもといた場所に座った。

なんだろうこの感じは。まるで戦うっていうことが当たり前で、生活の一部に組み込まれてるような、そんな違和感を感じる。

部屋は余ってるからいいけど、この人が泊まるとなると、なんか落ち着かなそうだなぁ……。

僕とラナは目の前で起きた出来事を、置物のように静かに眺めてることしかできなかった。

一応ではあるけど、ロネルフィさんに敵意がないのはわかったので、ラナが王様には上手く報告してくれるとのことだった。

＊

その日の夜、僕は日課の剣の素振りをしていた。

まだ怪我をした足が万全ではないので、激しい動きは控えてるけど、素振りなら足はあまり関係ないからね。

本当なら一緒に寝てるはずの姉さん達に止められるかもしれないけど、今はまだ足の怪我が完治してないからという理由で別々に寝てるのでバレてないと思う。

こっそり音を立てないように部屋から出たからね。

「……セロル、いる？」

夜なので最小限に声を抑えて、セロルを呼んでみた。

ゼル王国で消えて以来なんの音沙汰もないから、そろそろ会いたいと思っていたところだ。

僕の修行に付き合ってくれるって言ってくれたし、普通にセロルと喋りたかった。

僕を見てたとか言ってたし、名前を呼べば姿を現してくれるかもと期待したんだけど、

「駄目かぁ」

セロルからの返事はなかった。

聞こえるのは夜風で揺れる庭の木々や草花の擦れる音だけだった。まぁそのうち出てきてくれるよね。

「フ、フン、フンッ！」

僕は再び素振りを始めた。

頭の中で、ゼル王国での命懸けの戦闘を思い返しながら。

＊

「てかよく死ななかったよね僕……」

素振りに疲れて庭の柵にもたれ掛かる。

クラーガさんとザナトスさんがいて、そしてセロルがいなかったら僕は確実に死んでいた、そういうタイミングが幾度となくあった。

僕が今こうして生きてるのは奇跡に近いと、本気で思う。

「――あら、もう素振りは終わりなの？」

いい感じに汗をかいたし、これでよく眠れそうだと、家に戻ろうとしたときだった。バッと声のしたほうに目を向けると、そこに立っていたのは、なんとロネルフィさんだった。

もしかして、今までの素振りも見られてたのかな。

不思議なことに、さっきまではあれだけ強烈な圧を感じたっていうのに、今はまったくと言っていいほど感じない。

声を聞いて、目でそこにいるのを確認してやっとその存在に気付く、そんなレベルだ。

「あ、はい。そろそろ戻ろうかなって。ロネルフィさんはなんでここに？　もしかして寝心地悪かったですか？」

ロネルフィさんには余ってる部屋を使ってもらった。基本的に使わない部屋だけどこまめに僕が掃除してるし、布団も念のために来客用に買った新品を使ってもらってるから大丈夫だと思ったんだけど。

「アハ、別にそんなことないわよ。寝る場所なんてどこだって構わないわ。馬小屋だって、死体が転がってる戦場だって、どこでもね」

僕だったらそんな場所じゃ寝れる気がしないけど……ロネルフィさんはそういう経験もしてきてるんだろうなぁ。

「えっと、じゃあなんでここに？」

「寝てたら剣を振る音が聞こえてきたから、誰かと思ってね。リファネルやレイフェルトにしては剣速が遅いし」

「ご、ごめんなさい、起こしてしまって……そんなに音がうるさいなんて気付かなかったです」

自分じゃ気付かなかったけど、もしかして近隣の皆さんにも迷惑掛けてたのかな。

「誰もうるさいなんて言ってないでしょ？　それにこんな音、普通の人は聞こえないか、聞こえても気にしないわよ」

ならよかったけど、だとしたらますますわからない。ロネルフィさんはなんでここにいて、僕なんかに声をかけてきたんだろうか？

「それならよかったです。えーと、じゃ僕は家に戻りますね」

「待ちなさいな」

「は、はい！」

ロネルフィさんに背を向けて歩き出そうとして呼び止められた僕は、夜だというのに大きい声を上げてしまった。

皆起きてないよね？

「もう少し剣を振ってみなさい」

「え……？」

なにを言われるのかと構えていると、素振りを続けろって？　いよいよロネルフィさんが何を考えてるのかわからない。

「ほらほら、まだ限界がきたってわけでもないんでしょ？　やってみなさい！」

「は、はい、やります」

僕はさっきまでと同じように、いつもの素振りを始めた。

ロネルフィさんの言う通り限界がきたわけでもないし、変に断ったら何をされるかわからない……。

僕はラルク王国最強といわれる女性、ロネルフィさんに見られながら、ひたすらに剣を振るのだった。

＊

「フ、フ、フンッ……！」

もう夜も深くなり、素振り回数も数百回に達しようかというのに、僕はまだ剣を振っていた。

その間もロネルフィさんは無言のままこっちをじっと見てるだけ。

僕なんかが剣を振ってるところを見て、ロネルフィさんになんの意味があるんだろう。

「う～ん、ちょっと剣の持ち方が合ってないわね、柄の刀身側を持ちすぎなのよ、もう少し位置を下げてみなさい」

「は、はい、わかりました」

しばらく僕の素振りを見て、やっと口を開いたと思ったらそんなことを言われた。とりあえず言われた通り剣を持ち直し、再び素振りに戻る。

剣の持ち方を変えたことで、なにかが劇的に変わったということはないけど、少し腕に負荷がかかるようになった気がする。

そしてまたしばらく僕の素振りを見ると、次は剣を振るときの呼吸の仕方だったり、腕の筋肉の鍛え方など、いろいろと教えてくれた。

ロネルフィさんはどうして僕にこんなことを教えてくれるんだろうか？　姉さんの弟だから？　それともただ単に暇つぶし？　本当にわからない。

けれど姉さん達に剣を教えた人に、それもラルク王国最強の人に今日だけでもアドバイスをもらえるなんて、僕にとってはありがたいことこの上ない。

僕はロネルフィさんが教えてくれたことをただただ実行していったけど、だんだんと上手くいかなくなってきた。

「す、すみません、ハァ、ハァ……」

腕に力が入らなくなり、地面に剣が落ちる。

僕は次第にロネルフィさんのアドバイスに応えられなくなっていった。そして、ここにきてやっと気付いた。いや、思い出した。

言われたことを言われた通りにできるなら、そもそも僕はラルク王国を追放なんてされてないのだ。

「別に謝る必要はないわ。私が勝手に教えてるだけだもの。嫌ならやらなくてもいいし、貴方に任せるわよ」

「い、嫌なんてそんなことはないです！　ただ……なんで僕なんかにこんなことを教えてくれるんですか？」

「なんでって言われてもねぇ……強いて言うなら、なんか貴方から不思議な気配？　みたいなのを感じたのよね。それでどんな剣を振るのかと見てたら全然駄目で、つい口を挟んじゃったのよ」

「気配、ですか？」

「そうよ。今まで感じたことのない、不思議な気配としか例えようのないものね。まぁ、今はその気配は弱まったような気がするけど」

不思議な気配って、もしかしたらセロルのことだったりするのかな？　僕にはそれくらいしか思い浮かばないけど。

「はぁ、自分じゃよくわからないですね」

この気配に心当たりがあるかもしれないということは、とりあえずは黙っておこう。ロネルフィさんのことだから、セロルという不思議な存在を知ったら、戦ってみたいとか言いかねないからね。

「まぁいいわ。ほら、さっさと立ち上がって剣を振りなさい！　男の子でしょ？」

「は、はい！　――――って、うわッ!?」

せっかくロネルフィさんが教えてくれるからと、辛い体に鞭を打って立ち上がろうとしたのがいけなかった。

僕は立ち上がったと同時にバランスを崩して、あろうことかロネルフィさんの胸元に突っ込んでしまった。

「ご、ご、ご、ごめんなさぃッ!!　ちょっとふらついてしまって……わ、わざとじゃないんですッ！」

慌ててロネルフィさんの胸から顔を離して、僕は全力で謝った。下手したら斬られる可能性すら脳裏に浮かんだ。

「アハハッ、慌てすぎよ。別にこれくらいで怒ったりしないわよ。減るもんでもないし」

けど意外にもロネルフィさんは気にしてないようで、笑いながら自分の胸を触り、ユサユサと揺らしていた。

「す、すみません」

「ちょっと後ろを向いてみなさい」

「は、はい」

言われた通り、僕はロネルフィさんに背を向ける。

怒った様子はなかったけど、僕はなにをされてしまうんだろうか……

「――――んんッッ!?」

瞬間、首筋に鈍い痛みが走る。

痛みはだんだんと体全体に広がっていき、指先まで痛みが広がったと思ったら、嘘のように急速に痛みが引いていった。

「どうかしら?」

ロネルフィさんが僕の首筋から親指を離す。

どうかしらって……これ、親指の第一関節くらい首にめり込んでたんじゃないかな……

一瞬とはいえ、それぐらい痛かったんだけど。

不安になり首を触ってみる。当たり前だけど、そこに穴が空いてるといったことはなかった。

「急にビックリしましたよ…………て、あれ？　あれれ？　体が軽い？　なんで……」

「今私が押したのは疲れを抑えるツボよ！　これでまだまだ動けるでしょ?」

すごい。体が羽のように軽く感じる。

あらゆる疲れが吹き飛んだような、爽快な気分だ。

「はい、これなら全然動けそうです！」

「いい返事だわ。じゃあさっきの続きよ、剣を振りなさい」

「はい！」

その後、疲れという概念から解放された僕は、ロネルフィさんに教わりながら、明け方近くまで剣を振り続けたのだった。

＊

「あ～、身体中が痛いぃ…………」

お昼頃ベッドで目を覚ました僕は、全身の筋肉痛に苛まれていた。

ロネルフィさんにツボを押してもらってからは、体が軽くて、ついつい明け方まで剣を振ってたけど、起きた瞬間にそのツケが一気に回ってきた。

どうやらあのツボは本当に疲れを抑えるだけのようだ。いや、抑えるっていうより、先延ばしにするっていうほうがあってるかもしれない。

「うぅ、昨日はあんなに調子がよかったのに……」

「おっ兄様ぁ！　おはようございます！」

「ちょっと、待って、ルシアー――」

そしてこのタイミングで、最悪なことにルシアナがベッドにいる僕へと飛び込んできた。

僕の制止の呼び掛けが届いたのは、ルシアナが僕へと抱きついたあとだった。

足の怪我を気づかって、下半身に負担をかけないように上半身に抱きついてきてくれたんだろうけど、今は治りかけの足よりも、上半身の筋肉痛のほうが辛い。

「ん？　どうしたんですの、お兄様？」

そんなこと知らず不思議そうに首を傾げるルシアナに、僕は昨日のことを話した。ロネルフィさんと一緒だったことは黙ってたけど。

「まぁ、筋肉痛ですか？」

「そうなんだよ。昨日、少し無理をし過ぎたみたいでさ。だから治るまでは抱きついてこないでよ」

治ったあとも抱きついてくるのはやめてほしいけど、言っても無駄だからなぁ。

「そうとは知らずにすみません。お兄様の筋肉痛が治るまでは、そっと、衝撃を与えないように抱きつくよう頑張りますわ！」

ん～……さすがはルシアナだ。一筋縄じゃいかないね。

「リファネル姉さんとレイフェルト姉はまだ寝てるの？」

「お姉様達なら、朝早くに二人で出ていきましたわ。お兄様も誘おうとしてましたけど、寝てたので。買い物でもしてるんじゃないですか」

「そっか。ルシアナも一緒に行けばよかったんじゃない？」

「いえ、私はお兄様とお出かけしようと思って待ってましたの。でもその様子だと今日は厳しそうですね」

残念そうな顔をするルシアナ。それと一緒に、頭のアホ毛もしょぼんと元気なく垂れた。

「筋肉痛だけど、出かけるくらいなら大丈夫だよ」

昨日酷使したのは主に上半身だからね。歩いたりするのは多分大丈夫だ。

いくら調子がよくても、足はまだ怪我が治りきってないと思って激しい動きを控えてたのが正解だった。

「本当ですか？　嬉しいです!!」

「じゃあ今日はシルベストをぶらぶらしようか。あ、そういえばロネルフィさんはどうしてるの？」

昨日僕と一緒に家に戻ったけど、今はどうしてるんだろ。もう帰ったってことはないと思うけど。

「あの女ならまだ爆睡してますわ。放っておけばそのうち勝手に帰ると思います。というか早く帰ってほしいですわ」

まだ寝てるのか。一日だけど、いろいろ教えてくれたしなにかお礼をしたほうがいいだろうか。

でも、ラルク王国最強といわれてるロネルフィさんが喜ぶ物なんかわからないしなぁ。ロネルフィさんが帰ってしまうまでには、なにか考えておこうかな。

そんなこんなで、午後の予定はルシアナとぶらぶら出かけることに決定したのだった。

＊

「――――以上が今回の報告になります。依然として魔族の幹部討伐には至っておりません。

ですが、敵の規模にしては死者も怪我人も少なく済んでいます」

ここはラゼル達が住む大陸で一番の大国、レイモンド王国。

勇者を輩出した国でもある。そんな王国内のとある一室で、一人の諜報員が恰幅のいい威厳のある男へとゼル王国で起こったことの報告をした。

「報告ご苦労である。しかし、魔族の攻撃もいよいよ無視できないレベルまできたな……」

男は顎髭を触りながら顔をしかめた。なにか考え事をするときに髭を触るのはこの男の癖でもある。

男の名前はブライト・レイモンド。レイモンド王国の現国王だ。

「それと、これは不確かな情報ではあるのですが、今回のゼル王国襲撃の際、魔王を名乗る魔族を確認したとの報告もあります」

「なんと、それは誠か!?」

「はい、敵の真意は図りかねますが、魔族の一人がそう名乗ったと……」

ブライトはますます険しい顔になり、髭を触る手にも力が入る。

少し前から魔族をこの大陸で見かけることはあった。だが最近ではその頻度も増え、今回の襲撃では幹部どころか、魔王を名乗る者まで現れたという。

もはや放っておくことはできない。

「それで……勇者パーティはなにをしている？　ゼル王国襲撃の際には話に出なかったが？」

「勇者ヘリオス様ご一行は、ゼル王国襲撃の際、別の魔族を相手にしていたと聞いてます。なお、その魔族も幹部とのことです。決着はつかずに逃げられたそうですが」

「ほう、また幹部か……敵がそう名乗ったのか？」

「いえ、そうではないのですが、ファルメイア様が見覚えのある魔族だったそうです。恐らく前回の勇者パーティ時代に戦ったのかと」

「なるほど。それならば間違いないのだろうな。ファルメイア様には苦労をかける」

百年ほど前に勇者パーティの一員として活躍して、今現在においても魔族と戦ってくれている。

もはやその発言力や知名度においては、レイモンド王国の王であるブライトにも匹敵するだろう。

「そして、今回の事態を重く見たゼル王国が、近隣諸国の代表を集めて一度話し合いの場を設けてはどうかとのことです」

「私も同じことを考えていたところだ。近隣諸国などと言わず、親交のある国全てに声をかけるのだ。この大陸に限らずな」

魔族が本格的に攻撃を仕掛けるようになれば、被害は近隣諸国だけでは到底収まらない。ブライトはそれを見越していた。

「わかりました、すぐに準備に取り掛かります」

諜報員の男は音も立てずに部屋を後にした。

「お祖父様の代で魔王を倒し、一度は終わったと思った魔族との因縁だが。まさかまた魔王を名乗る魔族が現れるとはな。私の代では魔族という種、そのものを根絶やしにせねばなるまい」

ブライトは誰もいなくなった部屋で一人呟いた。

人類の歴史において、一番の失敗と囁かれてることがある。

それは魔王を倒したあと、マモン大陸への攻撃を止めて、魔族の残党を残してしまったことだ。

もちろん、人類側も相当の深手を負ったので、そう簡単なことではなかったのだが。それでも、魔王を倒し、英雄と呼ばれた初代勇者パーティが健在のときに、マモン大陸へ攻めいるべきだったという意見は今でも少なくなかった。

そうしていたならば、今のように新しい魔王が現れるという事態にもならなかった。今となっては後の祭りではあるが、自分の代ではそのような事態にならないよう、ブライトは魔族の撲滅を心に誓っていた。

*

――――時は少し戻り、ゼル王国でラゼル達が魔物の群と戦っている頃。こちらでは勇者パーティの戦闘が行われていた。

「ヘリオス、下からくるぞ、避けるのだ!!」

「――――なッ、グハッ!?」

ファルメイアの必死の叫びも虚しく、ヘリオスは中空で何回転もしながら激しく地面に叩きつけられた。

ヘリオスを襲ったのは硬い地面を突き破って飛び出した、無数の植物の蔓のようなものだった。

「クフフフ、これでお主以外の三人は戦闘不能といったところかのぉ。エルフの女王ファルメイアよ」

敵の言う通り、ファルメイアの後ろには既にハナとヒリエル、そして今しがたやられたばかりのヘリオスが倒れていた。

「まさかお前が生きていたとはな……」

ファルメイアの前に立っている敵は深々とフードを被り、小さな身なりをしていた。フードのせいで顔ははっきりとしないが、ファルメイアはこの者の正体がはっきりとわかっていた。

「クフフフ、笑わせるわ。そんなこと思ってもいなかったくせにのぉ」

「なにを言うか……妾はあの時、お前をたしかに殺す気で……」

「いいや、違うのぉ。あの時の攻撃には殺意が込もっていなかった。周りの者に妾を殺したとアピールするかのような、中身がスカスカの、派手なだけの魔術だった」

「な、なにを根拠にそのようなことを……妾は、妾はたしかにお前を殺したと……」

ファルメイアに明らかな動揺が走る。

何百年もの時を生き、いつも冷静沈着な彼女がこれほど動揺することなど滅多にない。

「根拠なら簡単だろう？　妾は生きてる。そして、こうしてお主の前に再び現れた。これがなによりの証明であろうが」

「そこまで言うなら、今ここで殺してくれるッ！」

ファルメイアが手を空に向ける。途端に手を中心にして周囲に暴風が吹き荒れたかと思うと、それが意思を持ったように敵へと向かっていく。

だが敵はその場に立ったまま動かない。直撃すればズタボロに切り裂かれることは簡単に想像できるファルメイアの魔術だが、それでも敵は避ける素振りすら見せない。そして、いよいよ暴風が敵を巻き込もうとした時だった。直前で暴風が不可解な動きをして、上空に逸れて霧散してしまった。

「どうした、妾はなにもしていないぞ？　なぜ〝自分で魔術の方向を変えた〟のだ？」

「何故避けようとすらしないッ！！？」

ファルメイアが激情的に叫ぶ。

暴風は直撃こそしなかったが、その風の余波で敵の被っていたフードを脱がせた。

そこから覗いたのはファルメイアと瓜二つの顔と、エルフ族特有の長い耳であった。

「クフフフ、殺すと言っておいて、その殺そうと放った魔術を避けることを望んでいる。言ってることが滅茶苦茶だのぉ」

「答えろッ！」

「妾は知っているからだ。お主が妾を……姉を殺すことなどできないと」

「お前など、姉ではないッ‼」

「クフフ、これだけ似た容姿をしていてそれは無理があろう。これでも妾なりに気を使って、先にそこの三人を気絶させてやったというのに」

ファルメイアの姉を名乗ったエルフは、倒れてる三人を一瞥してから再び目の前のファルメイアへと視線をもどした。

「第一なんじゃその勇者もどきは。聖剣を少しも使いこなせてないではないか。これではただ重いだけの鉄の塊だ。前の勇者とは天と地ほどの差があるわ」

「お前には関係ないだろうッ！」

再び魔術を放つファルメイア。今度は魔術で創り出した風を操り、地面に転がっている拳大の石礫を投げつけていく。

「無駄だと言っておるだろうに」

敵のエルフはとんでもない速度で自分に飛んでくる石礫を気にした様子もなく、ファルメイアに向かって歩き始めた。

「く、くるな……くるなぁッ！！！」

もはやそれは発狂に近かった。ファルメイアはそんな発狂にも近い声を上げながら、近づいてくる敵に向かって石礫を放ち続ける。

だが先程と同様、その攻撃が敵を撃ち抜くことはなく、ついには目の前までの進行を許してしまった。

もうファルメイアの魔術は完全に停止している。

「……お前はなにがしたいのだ、なにが目的だ？」

「お前、か。…………もう、昔のようにフェルお姉ちゃんと呼んではくれぬか」

敵はそう言いながら、ファルメイアの頬にそっと触れた。愛おしそうに、大事そうに、何度も頬を撫でた。

「…………わ、妾は、もう、お前を姉だとは思っていない……もう、妾の前から、消えてくれッ！」

もう、どうしていいかわからない。そんなファルメイアが絞り出した必死の言葉だった。

「ああ、今日はお主の望み通り消えるとしようかのぉ」

敵は名残惜しそうにしながら頬から手を離し、ファルメイアに背を向けた。

そして、先程ヘリオスを攻撃した蔓のようなものが地中から大量に現れ、彼女を包みこみ、一瞬にしてファルメイアの前から姿を消したのだった。

*

「————ハッ、ここは!?　魔族は!?」

先程戦闘があった荒地からそう離れていない洞窟内にて、ヘリオスが目を覚ました。記憶が混濁してるのか、早々に横にあった聖剣を握りしめ構える。だがそこにはもう敵の姿は確認できない。

「落ち着け。ここは安全だ」

「ファルメイア様!?　敵は、魔族はどうなったんですか？　もしかしてファルメイア様が？」

「…………あぁ、倒すことは敵わなかったが、姿がなんとか撃退した」

本当のことを言うか一瞬迷ったが、ファルメイアは事実を偽った。

言えるわけなどなかった。自らの姉が魔族に与していて、自分達の生活を脅かそうとしてるなんて。

「そうですか……ヒリエルとハナはどこに!?」

「そこでまだ気を失っとる」

ヘリオスがファルメイアの視線をたどり、振り替えると、そこには二人が並んで横になっていた。

心配になり近付くと、微かに寝息が聞こえてくる。

顔色も悪くないし、目立つ外傷も見当たらないのを確認して、ヘリオスはひとまずは安心した。

「クソッ、なんで僕はこんなにも弱いんだッ、僕は勇者なのに、なんでッ……」

聖剣に選ばれて、勇者として修行に励み、旅を始めて。周囲にチヤホヤと持て囃され、調子に乗ったことがないといえば嘘になるが、やることはやってきたつもりだ。

だが、そこそこ魔族や魔物は倒してはきたが、幹部を名乗る魔族を相手にしたのはこの前が初のことだった。

結果は惨敗。しまいには自分をコケにした冒険者に助けられる始末。自分は勇者だというのに、手も足もでなかった。

そして今回もまた……

「教えてくださいファルメイア様。僕は、初代の勇者様にどれだけ近付けてるんですか？」

ヘリオスも勇者の物語は読んだことがある。それがどこまで本当のことはわからないが、初代の勇者があらゆる才に秀でた実力者だったことは疑いようがない。

最近の負け続きの自分を振り返り、自分がどこまで初代勇者に近付けてるのか、聞いてみたくなった。

幸いにも目の前には初代勇者パーティの一員がいる。

「ここでお前を気づかって嘘をついても、お前のためにならないから言うが」

固唾を飲み込み、ファルメイアの言葉を待つヘリオス。思えばこういった話をするのは初めてだ。

「近付けてなどいない。お前が聖剣を手にしてからこれまで、少しでもその差が縮まったことなど一度としてない」

「そんなことが………」

「あいつは全てにおいて規格外の、勇者になるべくしてなった神に愛されたような、そんなやつだった。だからこそ、聖剣にも選ばれたのだろうな」

そっと目を閉じ、昔を懐古するファルメイア。

「せ、聖剣にならば僕だって選ばれてるじゃないですか！！？」

「妾もそう思ってたんだがな……」

「そ、それはどういうことですか!?」

「聖剣というのは剣に聖なる者が宿って、初めてそう呼ばれる」

「聖なる者、ですか？」

「ああ、妾も詳しくはわからないが。勇者のやつはよくそいつと話をしていたよ。その剣に宿っていた聖なる者とな」

「宿っていたとは、どういうことですか！！？」

ヘリオスは堪らず声を荒らげた。ファルメイアの言い方はまるで、もうこの剣にはなにも宿っていないと、そう言ってるように聞こえて。

「妾も勇者と長年旅を共にしていたから、その気配を多少は感じることができる。今、この剣にはなにも宿ってはいない」

「じゃあ僕は……勇者ではないと？」

なんとなく疑問には思っていた。この馬鹿みたいに重く大きな聖剣と、普通の剣。なにか違いがあるのだろうかと。

特別な能力があるわけでもないし、今ファルメイアが口にしたように、聖なる者と話したことなど当然ない。

「落ち着け。今は気配を感じることはできないが、いずれ戻ってくるかもしれない。残り香のような微かな気配はまだ残ってるからな。とにかく今は剣の腕を磨くことだ」

「……わかり、ました」

今まで自分を支えてきた、勇者であるということ。その支えに亀裂が入ったような音が、ヘリオスのなかでは聞こえていた。

第二章

「お兄様、今日のデートは楽しかったですね！」

「そうだね。まぁデートじゃないけどね」

今日は一日中ルシアナと一緒に、シルベストを見て回った。目的があるわけでもなく、本当にその場その場で見つけた物を食べたり、ぶらぶらとしていた。

これだけの間ルシアナと二人きりなんて久しぶりだ。

この前はラナも一緒について約束してたけど、さすがにゼル王国から帰ったばかりでいろいろと忙しそうだから、誘うのは今度にした。

「まぁ！　なにを言うんですか、好き同士が一緒にいたらそれはデートっていうんですの！」

「ちょ、わかった、わかったから。そんなにくっつかないでって」

「ふっふふーん、嫌ですわ！」

まぁ、僕も今日は久しぶりに楽しかったしいいか。

「じゃそろそろ帰ろうか。姉さん達ももう帰ってるんじゃない？」

「ぶ～、お姉様達がいなくてもお兄様には私がいますのに」

「はいはい、帰ろうね」

ぶーぶー言うルシアナを半ば引きずり気味にして、僕は帰路についた。

＊

「ただいまぁ」

ルシアナと一緒に家に入ると、すごく食欲をそそるいい匂いが鼻を抜けた。

「お帰りなさいラゼル、待ってましたよ！」

出迎えてくれたのはリファネル姉さんだ。

「お姉様、私もいるんですけど‼」

「おろ？　ルシアナもいましたか、お帰りなさい」

存在を無視されたルシアナが頬を膨らませてリファネル姉さんに突っかかるも、軽くあしらわれてギャンギャンと騒いでいる。

「お帰りラゼル、いい匂いでしょ？」

続いてレイフェルト姉が出迎えてくれた。

「うん凄くいい匂いだね、どうしたのこれ？」

テーブルには香ばしい匂いを漂わせたお肉がお皿に盛り付けられていた。

「買い物の帰りに出店で買ったの。結構高かったからいいお肉なはずよ」

「うわぁ、本当に美味しそうだね」

肉汁が大量に出てて、匂いだけでヨダレが出そうなくらい旨そうだ。

「さぁ、ラゼルも帰って来たことですし、早速食べましょうか！」

「そうだね。あれ？　ロネルフィさんはもう帰っちゃったの？」

「ロネルフィならまだ寝てます。お腹が空いたら勝手に起きてくるでしょう。一応ロネルフィ用に少しだけ分けてあるので放っておいても大丈夫です」

良かった。なんだかんだいってリファネル姉さんも、ロネルフィさんを完全に敵視してるってわけじゃなさそうだ。

「フン、あの女の分は私が全部食べてやりますわ！」

ルシアナはまだロネルフィさんに対して怒ってるみたいだけど。

「あらあら、食い意地張っちゃって。太るわよ？」

「わ、私は太らないように出来てるんですッ！　レイフェルト姉様こそ、最近お腹が出てますわ」

「私はいくら食べても、胸が大きくなるだけなのよ。そういう意味で考えるとたしかに貴女はもっと食べたほうがいいかもしれないわねぇ、ふふふ」

レイフェルト姉がルシアナの胸元を見て、勝ち誇ったように笑う。プルプルと震えるルシアナを見て、僕はそっと距離をとった。

この後ルシアナが暴れたのは言うまでもない。

今日も我が家は、いつもと変わらず大変賑やかだった。

＊

夜になり、僕は今日も日課の素振りをしていた。

「フン、フン、フンッ、――――痛ッ」

朝起きた時には筋肉痛が酷くて、今日は休もうと思ってたけど、夜になると不思議と痛みが引いたような気がして今に至るんだけど。

「やっぱり剣を振るとまだ痛いなぁ……今日はやめとこうかな」

「あら？　今日はもう終わり？」

さすがに無理があったかと、家に戻ろうとすると、丁度玄関から出てきたロネルフィさんと鉢合わせしてしまった。

ジューシーな香りと口元のテカリを見るに、ロネルフィさん用にとっておいたお肉を食べたあとのようだ。

「本当はもっとやりたかったんですけど、筋肉痛が酷くて。今日はもう終わりにしようかと」

「それは勿体ないわね、筋肉痛っていうのは筋肉がついてきたって証なのよ？　ここでさらに自分を追い込むことこそ、強くなる秘訣よ。ほら私がまた見ててあげるから気合い入れなさいな！　男の子でしょ！」

「そうなんですか？　じゃあもう少し頑張ってみようかな」

たしかに痛みが伴ってる分、筋肉がついてるような気がしないでもない。

それにロネルフィさんに修行を見てもらえるのはありがたいことだ。姉さん達と違って結構スパルタだから、自分の限界を実感できる。

昨夜はたまたま気まぐれで見てくれたっぽいけど、まさか今日も見てもらえるとは正直思ってもなかった。

「アハッ、そうこなくっちゃね！　じゃあ今日もツボを押してあげるわ」

「う、ググッ……痛ったぁ……！」

昨夜と同じく、ロネルフィさんの親指が僕の首にぶっ刺さった。

走り抜ける激痛。

そして直後に訪れる体の軽さ。

昨日と全く同じで、いくらでも動けそうだ。

「慣れれば気持ちよくなるわよ。さぁまずは昨日教えたことをやってみせなさい！」

「は、はい！」

この痛みに慣れるのもどうかと思いつつ、今日も僕は遅くまで剣を振るのだった。

＊

「はぁ……痛いなぁ……」

次の日、お昼頃に目を覚ますと案の定全身が痛い。

いや当然の結果というか、わかってたことなんだけどさ。でもロネルフィさんにあのツボを押されると体が軽くなって、ついついやり過ぎちゃうんだよね……

痛みや疲労を一時的になくしても、それは確実に蓄積されていって、次の日の朝にはこの通り筋肉痛に苛まれる。

僕も学習しないなぁ。でもロネルフィさんが見てくれてるのになにもしないっていうのは、どうももったいなく感じてしまう。

「今日はジッとしてようかな」

「お兄様、おはようございます！」

まるで僕を監視でもしてたかのような見事なタイミングで、ルシアナが部屋のドアを開けた。てか本当に監視されてるなんてことないよね？　ルシアナなら使い魔を使えばそれが簡単にできてしまうから怖い。

「おはようルシアナ。ってどうしたの、その格好は！？？」

僕の部屋に入ってきたルシアナはパッと見いつもと変わらないんだけど、なんていうか、全体的に埃っぽいっていうか、髪の毛もアホ毛が二三本増えてるように見える。

「これはお兄様が起きるまで暇だったので、あの女に少しばかり嫌がらせをしようとしまして」

あの女っていうのはロネルフィさんのことだろうけど、暇潰しにやることではないよね……

「それで返り討ちにあったの？」

「だってお兄様……あの女、完全に寝てるはずなのに近付くと剣を振り回してきたり、とにかく滅茶苦茶ですの!!」

たしかにそれはすごいことだと思うけど、ルシアナは自分のしてることも滅茶苦茶だという自覚はないんだろうね。

「昨日は部屋を冷やして寒い思いをさせてやろうとしたのに、そんなこと気にせずに気持ち良さそうにスヤスヤと爆睡してましたし！　もう、なんなんですのあの女は！」

ていうか昨日もやってたんだね……

ロネルフィさんもロネルフィさんで、寝ながらルシアナを撃退なんて人間離れしてる。

僕の修行に付き合ってたから、あまり寝てないはずなのに。

「暇なら姉さん達に構ってもらえばよかったのに、家にいるんでしょ？」

「お姉様達ならまた二人で出掛けてますわ」

「また買い物かな？」

「今日は鈍った体を動かすとか言って出ていきましたわ。ゼル王国で魔族に遅れをとったのを気にしてるんだと思います」

姉さん達にここまでさせるなんて、やっぱり相当な敵だったんだね。でも魔王の可能性すらあるんだし、だとしたら三人だけで撃退したなんて、むしろとんでもなくすごいことだと思うけど。

「そっか。僕も頑張らないと！」

「お兄様には私がいるから大丈夫ですわ！　それはさておき、お兄様。今日は体の調子は如何ですか？」

「今日も絶賛筋肉痛だよ、痛たた……」

「そうですか……お兄様が大丈夫なら一緒に冒険者ギルドに行こうと思ってたんですが」

冒険者ギルドといえば、セゴルさんに戻ってきた報告してないな。

「ルシアナは冒険者ギルドになにか用事でもあったの？」

「ちょろっとお金を稼ぎに行こうかと思いまして。お兄様やお姉様だけにお金を出してもらうのも悪いですし」

「そんなこと気にしなくていいよ、僕達は家族なんだし。それにお金はしばらくなにもしなくても大丈夫なくらいたんまりあるし」

しかもゼル王国に応援に行った分も増える予定だし、贅沢したとしてもあと数年は余裕だよ。

「それはそうですが、お金はいくらあっても困りません。私も少しくらいはお兄様のためにお金を稼ぎたいんです！　冒険者カードも作ってもらいましたし」

そういえばゼル王国に行く前に、セゴルさんに無理言って作ってもらったんだっけ。しかもいきなりAランクで。

っていうか今思い出したけど、冒険者ギルドの登録ってそもそも成人してからしか駄目だったはずだ。

けど登録するときに年齢を聞かれたりはしなかったところを鑑みるに、そこまで厳しい取り決めってわけでもないんだろうか。

ルシアナなんてパッと見、成人してるようには見えないけど、問題なく登録できたし。

「じゃあ僕も冒険者ギルドまではついていくよ。一緒に依頼を受けるのは厳しそうだけど。セゴルさんに顔を見せたいし」

「わかりました、じゃあ冒険者ギルドまでデートですね！」

「はいはい、なんでもデートにしない」

顔を洗って軽く準備したあと、僕とルシアナは二人で冒険者ギルドへと向かった。

＊

「おお、ラゼル久しぶりだな！　無事に戻ってきたってことはゼル王国のほうはなんとかなったみたいだな」

「お久しぶりですセゴルさん。結構ボロボロでしたけど、なんとか無事戻りました」

ギルドマスターのセゴルさんは、僕が会いにいくといつも通り豪快に笑って無事を喜んでくれた。

「まぁお前らのことだから心配はしてなかったがな！　今日は依頼を受けてくのか？　結構高ランクの依頼が溜まって困ってたとこなんだ」

シルベスト王国はそんなに高ランク冒険者がいないらしいし、他の国よりも依頼が溜まりやすいのかもね。

まぁ、姉さん達みたいに軽い気持ちでSランクの依頼を受ける冒険者なんて、どこの国でも中々いないだろうけど。

「どうするルシアナ？　僕は帰るけど、ルシアナは依頼を受けたいんでしょ？」

「お、なんだ、ちっこい嬢ちゃんもいたのか？」

「ちっこいとは失敬な‼　この建物を消し炭に変えてあげましょうかッ！」

「おーおー、そんなことされたらかなわねーな！　で、どうだい嬢ちゃん？　せっかく特別にAランクの冒険者カードを作ってやったんだ、なにか受けてはくれねーか？」

ルシアナの物騒な発言を流しつつ、依頼を勧めるセゴルさん。

「残念ですが、初の依頼はお兄様と一緒と決めてますの！」

「そりゃ残念だ、リファネルの嬢ちゃんやレイフェルトの嬢ちゃんに頼むしかねーか。ま、この国に安心して依頼を任せられる冒険者なんて、この二人くらいしかいないかもな」

そんなことを言いながら、チラッとルシアナを見るセゴルさん。

上手いなぁセゴルさんは。ルシアナのプライドをチクチクと刺激して、なんとか依頼を受けさせようとしてるよ。

「ほぅ、面白いことをいいますわ……試しに依頼内容を見せてくださいな！」

やっぱり食いついちゃったか。姉さん達もそうだけど、ルシアナも相当の負けず嫌いだからね。

「ほれ、ここから好きなのを選んでくれ！　どれでもありがたいからな」

「ふむふむ、なるほど――――いいでしょう！　この依頼を受けますわ！」

売り言葉に買い言葉、ルシアナはセゴルさんが並べた依頼書に目を通すと、いとも簡単に承諾してしまった。

「ちょっとルシアナ、そんな簡単に受けて大丈夫なの？」

「大丈夫ですわお兄様！　最初の依頼をお兄様と一緒に受けられないのは残念ですが、私もお姉様達と比べられたら引くに引けませんの！　すぐに帰りますので、待っててくださいッ！！！」

ルシアナはそう言って、ギルドを颯爽とあとにした。

まぁ今さら心配するようなことないか。ルシアナをどうこうできる敵なんてそうそういないだろうし。

僕はその後、セゴルさんに軽く会釈してから家に帰った。

＊

ギルドから戻ったあとは特にすることなく筋肉痛も痛いのでベッドでゴロゴロしてたら、いつの間にか寝てしまっていたようで、起きたら外はすっかり暗くなり始めていた。

「ただいま帰りましたよラゼル！」

「ただいまラゼル、私がいなくて寂しかったわね、よしよし！」

起きて一息ついた辺りで丁度姉さん達が帰ってきた。

体にうっすらと泥汚れがついてるし、汗の匂いもする。ルシアナに聞いた通り二人で特訓していたというのは本当っぽい。

「お帰り二人共。あとレイフェルト姉は子供扱いしないでよ」

頭をよしよしと撫でてくるレイフェルト姉の腕をはらうも、そんなのお構い無しで再び頭をなで始めてくる。

「あら？　そういえばルシアナはどこかしら？　あの子のことだから私達がいないのをいいことに、ラゼルにベッタリくっついてると思ったのに」

「ああ、ルシアナなら一人でギルドの依頼を受けちゃってさ。昼頃、出てっちゃったよ。自分でもお金を稼ぎたいって言ってたし、ルシアナなら心配いらないと思って止めなかったよ」

というより、止める間もなく行ってしまったのほうが正しいかな。

「ふぅん、まぁあの子なら心配いらないでしょう。ってことはラゼル、今夜この家にはお子様はいないってことよね？」

「へっ？」

何か嫌な流れになってきたような……

「そうですね。ゼル王国で約束したキスもまだですし、今日辺り約束を果たしてもらいましょうか」

リファネル姉さんも乗ってきたし……

「今夜は大人の時間ってことかしらね？」

僕の頭を撫でていたレイフェルト姉の手が頬にゆっくりと下りてきて、首筋、脇、太ももと、ねっとりと生き物のようにまとわりついてくる。

これは大変まずい……

「い、いや、あのさ、僕はまだまだ子供だし、レ、レイフェルト姉がなにを言ってるかわからないよ！　あ、そうだ、姉さん達お風呂まだだよね？　僕お湯入れてくるよ」

「おっと、逃がさないわよラゼル！　さっきは子供扱いしないでって言ってたじゃない？　今夜はたぁっぷり大人扱いしてあげるわよ？」

僕のとぼけて部屋を出る作戦は失敗に終わり、ガッツリと腕をからめとられ、身動きできない状態に。

「ラゼルは約束を破ったり、しませんよね？」

リファネル姉さんの真っ直ぐな瞳が僕を直視する。僕のことを心の底から信じてて、決して裏切らないと思ってる、そんな綺麗な瞳だ。

約束は約束、それはわかってる。

僕も守れない約束をするなんて卑怯な真似はしたくはない。

だから勢いで唇に軽く触れさせて、パパっと終わらせようと、ずっとそう考えていた。でも、この感じだとキスよりもっと大変なことをされそうな予感がするんだ……

「あっ、痛たたッ、痛たたッ！！！」

僕はゼル王国で怪我した足を押さえながら蹲った。

もちろん本当に足が痛いわけではない。なんならもうほとんど治ってるといってもいいくらいだろう。

足を怪我してるという理由で、姉さん達は心配してベッドにも入ってこなかったし、今日は、というかしばらくはこれを理由に見逃してもらいたいけど……どうかな？

「あ〜、まだ足が痛いなぁ……」

チラッと姉さん達を見上げてみる。

「まぁ痛いなら仕方ないかしらね。時間はたっぷりあるし、ラゼルの足が完治するまで待ってましょうか」

「それは仕方ないですね、ラゼルの健康がなによりの最優先事項ですし。お姉ちゃんはいつまでも待ってますよ」

よ、よかったぁ……今日はなんとかなりそうだ……

大丈夫、これは約束を破るわけじゃない、約束を少しだけ引き伸ばすだけだ。

「じゃあ僕はお風呂にお湯を入れてくるよ、二人とも結構汗をかいたみたいだし」

少しばかりの罪悪感を覚えながらも部屋を出る寸前、二人の顔が僕の耳に近づいた。

「本当は足の怪我がほとんど治ってることなんてわかってるんだからね？」

右耳にレイフェルト姉が、

「ここ最近は夜にロネルフィと一緒に剣の修行をしてるみたいですね？　ほどほどにするんですよ、〝足の怪我が治ってない〟んですから」

左耳にリファネル姉さんが。

僕は只でさえ耳が弱いので、二人の声が重なって、一瞬頭の中がぐちゃぐちゃになった気がした。

やっぱりこんな見え透いた嘘二人にはバレバレだよね……ロネルフィさんとのことまで知られてたのは意外だったけど。

「あ、あはは……」

僕は大急ぎで、今度こそ部屋を出た。

＊

その日の夜も僕は剣を振っていた。

すぐ近くにはロネルフィさんがいて、いろいろと教えてくれている。

もうロネルフィさんがこうやって教えてくれるのも三回目だ。なんで僕なんかの修行に付き合ってくれるんだろうか。

ロネルフィさんといえば、実力主義国家のラルク王国を体現したかのような最強の女戦士、そういう風にいわれていた。

それが事実だというのなら、僕の修行にこうして付き合ってくれてるのは噂と矛盾してるのではないか。

「どうしたの？　今日は集中できてないわね、やっぱりツボを押してあげましょうか？」

と、余計なことを考えていたら、すぐさまロネルフィさんに指摘されてしまった。

「い、いや大丈夫です！　すみません、せっかく教えてくれてるのに」

今日は首のツボを押すのを遠慮してもらっていた。

あれは疲労を先延ばしにするだけだし、このままじゃいつまでも疲労がなくならないような気がしたから。

幸い今はだいぶ筋肉痛も治まってきた。今日無理をし過ぎなければいい感じで回復に向かうと思う。

「ん～、なんか気になるわね。言いたいことははっきりと言ったほうがいいわよ？　男の子でしょ？」

「言いたいことっていうよりも気になることがあるっていうか…………ロネルフィさんはなんで僕なんかに、剣をこうして教えてくれるんだろうって。ロネルフィさんは強い人にしか興味がない的な話を、ラルク王国にいた頃に聞いたことがあって……」

「アハハッ、そんなこと気にしてたの？」

そんな笑えるような話をしたつもりはないけど、ロネルフィさんはクスクスと笑っていた。

「はい。噂が本当だとしたら、なんでラルク王国を弱いからって理由で追放された僕にいろいろなことを教えてくれるのかと思いまして」

「私は自分の口からそんなこと言った覚えはないけどね、所詮は噂よ。それに、もしその噂が本当だとしたなら、私はほとんどの人に興味を持てなくなるじゃない？」

「え？　それはどういう……」

「だって私からしたら、この世界中全ての生き物は私より弱いんだもの。まぁその中でも私を楽しませられる者はいるでしょうけど、最終的には私に勝てるやつなんて存在しないわけだし。そうでしょ？」

僕に同意を求められても困るけど、ロネルフィさんが強いというのは魔族やルシアナとの攻防からも疑う余地はない。

リファネル姉さんとレイフェルト姉も自分の強さに揺るぎない自信を持ってるけど、こういうところはロネルフィさん譲りなのかもね。

「だからかしらね、人に教えるのは嫌いじゃないの。いつか、もしかしたら、万に一つくらいの可能性だけど、私に勝てる者が現れるかもしれないという楽しみがあるから。だから〝自分なんか〟なんて言うのはやめなさいな。いつかラゼルが私より強くなる可能性もゼロじゃないんだから」

こうしていろいろ教えてもらって話してみると、数日前ロネルフィさんを初めて見た時とは随分違う印象を受ける。

戦ってる時は震えそうなほど怖かったけど、今は全然そんなことなくて、どっちかというと姉さん達みたいな優しい印象さえ受ける。噂なんて当てにならないね。

まぁ、僕がロネルフィさんより強くなる可能性はゼロだと思うけど……

「ありがとうございます、僕も頑張ります！」

「お、いいわねその意気よ！　ちなみに私の噂って、他にはどんなのがあるのかしら？」

「えーと、今まで一度も負けたことないとか、Sランクの魔物を素手で倒したとかです」

「あら、それは合ってるわ。噂も馬鹿にできないわねぇ」

え〜、これは本当なのか……Sランクっていったらドラゴンとかヤバいのばっかなのに、どうやったら素手で倒すなんて芸当ができるんだろう……

この日の夜は、ロネルフィさんとちょくちょく会話しつつ、剣を振った。ロネルフィさんは意外とよく喋る人だった。

＊

「昨夜もロネルフィと仲良く修行してましたね？」

朝食時、リファネル姉さんにチクリとそんなことを言われてしまった。

昨晩はツボを押してもらうのは止めてもらったので、連日のように朝方まで剣を振ってるということはなく、キリのいいとこで終わりにした。

だからこうして朝に起きれてるというわけなんだけど……

「そ、そうだね、せっかくロネルフィさんが教えてくれるからさ、いろいろ為になるよ！　それよりもルシアナ遅いね、大丈夫かな？」

こういう時は強引にでも話題を変えるに限る。ルシアナが心配なのは本当のことだし。ルシアナは昨日のお昼頃に依頼を受けてから、まだ戻ってきていなかった。

もうすぐ丸一日経過するとはいえ、依頼場所も遠いのかもしれないし心配するには早いんだろうけど。

「あ、今意図して話題を変えましたねラゼル！」

「あはは、そんなことないよリファネル姉さん。僕は本当にルシアナが心配で」

「あの子の心配なんてするだけ無駄よ、ああ見えて意外としっかりしてるところもあるんだから」

レイフェルト姉が朝食のパンをモグモグしながら、会話に入ってきた。

でもそうだよね……ラルク王国にいた頃は一人で遠征任務とかこなしてたもんね。僕なんかよりいろんな経験をしてきてるはずだ。

「わかってるよレイフェルト姉。それでもやっぱり心配しちゃうんだよ、一応お兄ちゃんだからさ」

どんなにしっかりしてても、どんなに強くても、ルシアナが僕の可愛い妹であることに変わりはない。

「まぁ、流石はラゼルですね！　偉いです！　可愛いです！」

わざわざ自分の席を離れ、僕に近寄ってくるリファネル姉さん。

まぁリファネル姉さんがこうやって僕を思ってくれるのと、結局のところは同じなんだよね。

僕はこんなにベタベタとくっついたりはしないけどさ。あんまりくっつかれると朝食が取りづらいよ……

「姉さん達は今日も二人でお出かけ？　ルシアナに聞いたよ、二人で手合わせしてるんでしょ？」

「うーん、そう思ってたんですが、ルシアナが居ないとなるとラゼルが一人になってしまいますから」

「僕のことは気にしないでよ、出かけるとしても軽く買い出しに行くくらいだから。この前みたいに勝手に一人で依頼を受けたりはしないから安心してよ」

姉さん達についていっても暇だろうし、逆に二人が僕を心配って理由で身動きできなくなるのも心苦しい。

そもそも普通に暮らしてて、危険なことなんてそうは起こらない。

最近は魔族が襲ってきたりしてるから、絶対とは言いきれないけど、それでも可能性は相当低いはず。

「ラゼルがそう言ってくれるなら、今回はお言葉に甘えます」

「リファネル、貴女、本当に心配性ね。もし万が一のことがあっても、上で寝てる自称最強さんがいるから大丈夫よ。強い敵なら喜んで飛び起きるし、弱い敵だとしたらラゼルだって戦えるんだから」

僕はレイフェルト姉の言葉が少しだけ嬉しかった。

相手が弱いって前提ではあるけれど、僕も戦えるって思ってもらえてることが。

レイフェルト姉はこうやって僕の実力もある程度は信じてくれてるし、リファネル姉さんやルシアナの過保護具合に比べるとある程度マシということに最近気付いた。

「それにいいのリファネル？　今は私のほうが勝ち越してるけど？」

「なにをいいますかッ！　今は４９９９戦中、２０００勝１９９９敗１０００引き分けで私が勝ち越してますッ！！！」

「あら、ちゃんと覚えてたの、やるわね」

「ふんッ！　私をみくびらないでください！　ラゼルのことと貴女との戦績だけは忘れません！」

喧嘩するほど仲がいいとは言うけれど、今までこんなに戦ってたんだね……

前に三日間戦って決着がつかなかった的な話は聞いたことあるけど。それにしても４９９９戦って……何歳くらいから戦い続けてるんだろう。

「じゃあ行きましょうか！」

「望むところです！」

朝食中に始まった言い合いは収まらず、二人はヒートアップしたまま家を出ていってしまった。

僕はというと朝食の片付けを終わらせてから、久しぶりに一人で買い出しへと向かった。

＊

「ん、あの猫耳は！　――――シルビー、久しぶり！」

「うわぁラゼルさん、お久しぶりです！　お元気でしたか？」

買い出しの途中、見覚えのある猫耳を見つけて声をかけた。

彼女はシルビー。『ネコネコ亭』という宿屋で働く猫耳少女だ。

僕とレイフェルト姉がこの国にきて初めて泊まった宿屋でもある。

何回かシルビーの働く宿で寝泊まりするうちに、すっかり仲良くなった。

「元気だよ！　シルビーも元気そうだね」

「私は元気いっぱいですよ！　最近はラゼルさん達が泊まりにきてくれないから寂しいですよぉ！」

「そりゃ家を買ったわけだし、宿屋に行く機会は中々ないよ」

せめて距離が離れてればいいけど、シルビーの宿屋と僕達の家は意外と近い距離にあるからね。

わざわざシルビーの働く宿屋にお世話になる必要がない。

「そうですよねぇ、でも久しぶりにラゼルさんに会えて嬉しいです！　今日はお買い物ですか？」

「うん、いろいろと買い出しをね！」

「なるほど！　そういえば、すぐそこに美味しい餡蜜を売るお店がオープンしたんですよ！　知ってました？」

「それは知らなかったよ。餡蜜かぁ、最近食べてないなぁ」

最近は疲れ気味だし、甘い物を食べるのも悪くないかもね。

「奇遇ですね、私も最近食べてないんですよ！」

「じゃあシルビーも一緒に行かない？　ご馳走するよ」

「えー行きます行きます！　喜んで！」

待ってましたと言わんばかりに、シルビーは尻尾をルンルンと嬉しそうに揺らしていた。

ルシアナのアホ毛みたいで、なんだか親近感が湧いてしまう。

＊

「ふわぁ～甘くて美味しかったですねぇ！」

「うん、想像よりも美味しくて驚いたよ！」

味もさることながら、お店の雰囲気も良くて言うことなしだった。思ったよりも長居しちゃったよ。

これからは暇な時とかすることがない時は、ここにきてまったりするのもいいかも。今度ルシアナや姉さん達にも教えてあげようかな。

「また一緒に来ましょうね！　お誘い待ってます！」

「あはは、わかったよ。それじゃ他にも美味しそうな場所調べといてよ」

「任せてください！　それじゃ私はそろそろ戻らないといけないので。また絶対誘ってくださいね！」

「気をつけてね！」

シルビーは小走りで宿の方面へと行ってしまった。

こういう何気ない会話ができる友達っていいよね、大事にしないと。

＊

シルビーと別れたあとは、ポーションのストックを買って、防具屋に寄ってみたりと一人で悠々自適に過ごした。

ゼル王国でポーションも使い切っちゃったし、装備も傷付いちゃったからいい機会だった。

ポーションは常備しておいて困る物じゃないからね。

劇的な回復を期待できるわけじゃないけど、応急処置にはなる。現にゼル王国での戦闘ではポーションのお陰でクラーガさん達を助けられた。

大した効果はないと使わない冒険者もいるけど、僕は心配性だから常に持つように心掛けている。

「ふぅ、結構買っちゃったなぁ」

色々と買い物して、夕方くらいには帰って来たけど家には誰もいない。

姉さん達はまだ決着がつかずに戦ってるのかな。二人が本気で戦ったら周囲の物がいろいろと物理的に壊れそうだし、迷惑にならないように遠くでやってくれてるのだろう。

ルシアナもまだ帰ってきてないようだ。意外と苦戦してるのかもね。ちゃんとご飯とか食べてるといいけど。

そんなことを考えつつ、僕は買ってきた夕飯をテーブルに並べる。

僕達の家では誰がご飯を用意するか、当番的なものは決まってないけど、今日は僕が買い物に行ったからいろいろと買ってきた。

基本的には一緒にいることが多いから、食事当番なんて作っても意味をなさないだろうしね。

＊

「剣聖リファネルっっ！！！！　貴様に決闘を申し込みにきたッ！！！！！」

家で姉さん達を待ってぼーっとしてると、身を揺るがせる程の大声が聞こえてきた。僕はビックリし過ぎて椅子から転げ落ちそうになってしまった。

リファネル姉さんに決闘って……まさかラルク王国の人かな？　剣聖って言ってるし。でも今この家にはロネルフィさんがいるし、そんな時にわざわざラルク王国の人が来るだろうか？

「表に出ろ！　さもなくばこの家もろとも斬り捨ててくれようぞ！！！」

どうしよう、めちゃくちゃ物騒なこと言ってるよ……

ていうか、いちいち声が馬鹿デカいなこの人……

用があるならドアをノックしてくれればいいのに。

「………リファネル姉さんは今は留守ですけど」

家を斬られたら堪らないので、僕は怖さはあったけど、ゆっくりとドアを開けた。

「ムムッ、留守とな!?　ではいつ戻るのだ？」

そこに立っていたのは、着物を身にまとった、おかっぱ頭の可愛らしい女の子だった。身長はルシアナと変わらないくらいだろうか。顔はまだ幼いが、目がくりっとしてて可愛い。きっと将来は美人になりそうな、整った顔立ちをしている。

そして、斬り捨てると言ってただけあって腰には剣を差している。

「えーっと、多分もうすぐ戻ると思うんだけど。家で待つ？」

もしも目の前にいるのが筋骨隆々の厳つい大男だったのなら、僕もこんなこと言わなかったと思うけど。

この子の容姿を見て、僕の中の警戒心はだいぶ薄れていた。

「いや、ここで待つから大丈夫だ！　それよりもお前、剣聖リファネルを姉さんと呼んでいたが、姉弟なのか？」

「うん、リファネルは僕の姉さんだよ」

「ということはお前もラルク王国の出身者か。名はなんという？」

「僕はラゼル。えーと、君は？」

「ラゼルか、ふむ覚えておこう！　拙者の名はイブキ・アルスタット！！！！　剣の国、ブフルキから参った！！！」

剣の国ブフルキ。アルスタット。僕は聞き覚えのある単語を頭の中で整理していた。たしかアルスタットって、姉さんが結構前に負かしたっていう剣聖の名前だったはず。ブフルキっていう国も聞いたことがある。僕達の住む大陸とは別の大陸にあって、屈強な一騎当千の剣士が数多くいるって。

戦の応援依頼だったり、用心棒だったりと、ラルク王国と似たようなことをやってる国だ。

姉さんと戦ったのは多分だけど、その戦場が重なったからだと思う。

で、そこでその剣聖を倒したから姉さんは剣聖と呼ばれるようになったと。ここまでが、僕がレイフェルト姉に聞いて知ってることだ。

「えーと、イブキ……ちゃんでいいのかな？　なんで決闘なんて…………理由を聞いてもいいかな？」

っていうかこの子、ここまで一人できたのかな。

「イブキでよい！　それと、理由は簡単なこと。父の持っていた剣聖の称号を返してもらいにきたのだ！」

名前が同じだからそんな予感はしてたけど、やっぱり姉さんと戦った剣聖の血縁者だったか。でも称号を返すっていっても、そもそも剣聖を剣聖たらしめているものとはいったいなんなのだろうか。

もちろん強いことが大前提なのはわかるんだけど、剣聖である証的な物でもあるんだろうか？

仮にもしそういったものがあったとして、リファネル姉さんが「はいどうぞ」と軽々渡すとは思えない。

これは……戦いは避けられないかもしれない。

でも今日リファネル姉さんはレイフェルト姉と戦ってて、少なからず体力を消耗してるはず。そんな状態で戦うなんて分が悪いんじゃないかな。

容姿はこんな小さな女の子でも、剣の国ブフルキ出身だっていうし、姉さんが剣聖と知った上で決闘を申し込むくらいだ。相当腕に自信がありそうだ。

僕が口を出すのもあれだけど、理由を説明して今日のところは出直してもらえないかな。

「あのさ、実は今日リファネル姉さんは――――」

「――――ラゼルぅ!!　お姉ちゃんが帰ってきましたよッ!!」

今日姉さんは万全の状態じゃない。そうイブキに説明しようとしたところで、リファネル姉さんがとんでもない速度で走って帰って来た。

「お、おかえり姉さん、だけど今はちょっと離れてもらえるかな」

「まぁ！　『今は』ってことは後で落ち着いた場所でゆっくりとしてほしいってことですね⁉

お姉ちゃん嬉しいです！」

リファネル姉さんはイブキに気付いてないのか、それともいても関係ないのか、いつものように僕に抱きついてきた。

レイフェルト姉がいないけど、別々に帰って来たのかな？

「違うって！　姉さんにお客さんがきてるんだよ！」

「おろ？　貴女は…………はて、誰でしょうか？」

ここでようやく姉さんがイブキを見た。

「……その右手の甲に浮かび上がる紋様、貴様が剣聖リファネルで違いないな？」

「はぁ、私がリファネルですがなにか用でしょうか？　早くラゼルに疲れた体を癒してもらいたいので、手短にお願いしたいのですが」

癒すって、リファネル姉さんはいったい僕になにをさせるつもりなんだろうか。というよりも右手の甲の紋様ってなんだろう？　姉さんにそんなのあったっけ？

「拙者の名はイブキ・アルスタット！！！　貴様が倒した、剣聖メビウス・アルスタットの娘だ！　その右手の剣聖紋をかけて貴様に決闘を申し込むッ！！！」

イブキは空に響き渡る程の大声で、そう宣言した。

「……あの男の、娘ですか」

姉さんがぼそりと呟いた。

前にレイフェルト姉に聞いた時は、リファネル姉さんは戦った剣聖のことなんて覚えてもいない的なことを言ってたけど、この感じだとちゃんと覚えてるようだ。

「そうだ！　拙者は貴様が父に勝ったなどと、決して信じない！！！　今日、拙者が貴様を倒すことによってそれを証明してみせる！！！」

「面倒臭いですね。そもそも貴女は父親に一度でも勝てたことがあるんですか？」

「父に勝ったことなど一度もない！　父は最強だ、勝てるわけがない！　だからこそ、父よりも弱い拙者が貴様に勝つことで、父の最強を証明するのだッ！！！」

きっとイブキは父親を尊敬してるんだろう。

だからこそ、父親の負けが許せない。

勝手な想像ではあるけど、僕はそんな関係性が少し羨ましくも思う。

「いいでしょう。剣聖紋になんてなんの執着もありませんが、決闘を申し込まれたからには受けて立ちます。どこからでもかかってきなさい」

リファネル姉さんは迷うことなく、決闘の申し出を受けてしまった。

「では、いざ尋常に参るッ！！！」

姉さんが決闘の申し出を承諾した途端だった。イブキの姿が一瞬にして僕の視界から消えた。

ていうか、決闘ってこんな急に始まるのか。

＊

「く、これを軽々受けるとは！」

「ふむ、流石はあの男の娘といったところでしょうか。中々の速さです」

「ちッッ！」

ラゼルが見失う程のイブキの動きも、リファネルにははっきりと見えていた。

自信のある一撃だったのか、それを軽々と受け止められたイブキは一度距離をとるも、

「ですが、まだまだですねッ！」

今度は逆に一瞬にしてリファネルに距離を詰められ、剣が迫ってくる。

「――――な、もうここまでッ!?　クゥッ……」

なんとか体勢を立て直しつつ、リファネルの剣に備えた筈であったが、その軽く振り下ろしたように見えた攻撃は重く、イブキは自らの剣もろとも遥か後方へと飛ばされてしまった。

「どうです？　これで満足しましたか？」

「なんのッ、これしき！」

リファネルの剣を受けきることはできなかったが、幸いダメージは少ない。イブキはすぐさま立ち上がり、次の手に出た。

「何の真似ですか、それは？」

リファネルの周囲を円を描くように走り始めるイブキ。そのスピードはだんだんと速まっていき、最終的には余りの速さで、イブキが何人にも分身してるかのように見えるほどの、とんでもない速度に達していた。

「どうやら様子見、というわけにはいかないようなのでな。これが拙者の奥の手だ！　認めたくはないが、今の拙者に貴様の剛剣を受け止める力はない！　故に、剣を交えることなく一方的に斬らせてもらうぞッ！」

高速で動きながら喋っているため、声があちこちから聞こえるような錯覚に陥る。そして言葉の通り、ここからイブキの一方的な攻撃が始まった。

周囲を走り回りながらリファネルの僅かな隙を見ては斬りかかり、また走り出す。無理をして一度で決めようとはせず、細かい攻撃を何度も繰り返し行う。

それはさながら、獲物を囲う檻のようにも見えた。

「どうだ！　これが拙者の本気の速さだ！　力では勝てないが、速さならっ！　貴様にこの動きを捉えることはできまいッ！！！」

目にも止まらぬ速さで不定期に訪れる斬撃を、リファネルは剣で受けようとはせず、最小限の動きで躱すことに専念していた。

（ふふ、面白くなってきました）

リファネルは延々と迫りくる斬撃を避け続ける。時折風圧で服が斬れるが、それでも気にせず避け続けた。

「おや？　どんどんスピードが落ちていってるみたいですが、気のせいですかね？」

そして、リファネルの思惑通り変化はすぐに訪れた。

グルグルとリファネルの周囲を回っていたイブキの速度が、目に見えて落ちてきたのだった。

こんな常人離れした速度がそう長く続かないことを見越して、リファネルはあえて躱すことに専念していたのだ。

「だ、黙れッ！　こ、これは貴様を油断させるためにわざとやっているんだ、ハァ、ハァ……つ、次で決めてやる！！！」

誰が見ても明らかな虚勢。図星をつかれ、あからさまに息が上がり始めたイブキは、勝負を焦ってしまった！

自らの位置がリファネルの背中側にきたところで、今までよりも強く深く踏み込んだ。この一撃で決めるために。

「素質はかなりのものですが、色々と勿体ない娘です――――ねッ！！！」

リファネルは後ろを振り返ることすらしないで身を左に反らし攻撃を躱すと、イブキの腕をガッシリと掴み地面へと叩きつけた。

「かはッ……！」

背中からモロに地面に叩きつけられたイブキは、しばらく痛みと呼吸困難に苦しんだ。

「貴女の負けです」

リファネルは仰向けで倒れるイブキを見下ろすようにして声をかける。

「ハァ、ハァ、ま、まだやれるッ！！！」

まだ息は整いきっていないが、それでもイブキは立ち上がろうともがく。

「これは貴女から仕掛けてきた決闘です。これ以上やるというのなら、貴女を殺しますよ」

やっとの思いで立ち上がったイブキの首もとにはリファネルの剣が添えられていた。

「き、斬るがいいッ！　もとより命をかけてきたのだ、貴様に殺されるなら本望だッ！！！」

殺されるかもしれないという瀬戸際だというのに、イブキは強く吠えた。その声には芯がこもっている。

「ふ、覚悟は本物のようですね、流石は剣の国の民といったところでしょうか…………ならば此方も遠慮はしません」

(父上、さよならですっ!!)

イブキは故郷にいる父を思い、グッと瞼を閉じた。

「――――――姉さんッ！！！」

離れて見ていたラゼルも、二人の状況を察して声を上げたがもう遅かった。

――――――パシィンッ、という乾いた音が空に響いた。

「な、な、何故ここで平手打ちなのだッ！　何故斬らない！！？」

イブキは頬を押さえながらリファネルを睨んだ。

当然だろう。決闘の末に死を選んだというのに、それを覚悟した途端飛んできたのは鋭利な刃ではなく、平手打ちだったのだから。

「いくら私でも、貴女のような子供を斬るのは抵抗があります！　今回はこれで許してあげます、さっさとお家に帰りなさい」

「な、拙者は決闘を申し込んで負けたのだ！　戦いの中で死なせてくれ！　もしここで貴様が拙者を斬らないというのなら、今この場で自害してくれるわ！！！」

そう激昂して、イブキは上半身の衣服をはだけさせてその場に座りこみ、剣を自らの腹部にあてがった。

――パシィンッ！

そして、またも先程と同様の音が響いた。

「死ぬのは勝手ですが、ここで死なれては迷惑です。どうしても死にたいなら、ここではないどこかでひっそりと死んでください」

「ふ、ふざけ、」

――パシィンッ！

「な、せめて最後まで喋ら、」

――パシィンッ！

「う、う、う、うわぁ～んッ！！！」

四度の平手打ちに加え、リファネルの冷酷な言葉を受け、遂にイブキは泣き出してしまった。

「姉さん……もうちょっと優しく言ってあげなよ」

あまりにイブキがいたたまれなくなったラゼルはリファネルに意見した。

「まぁラゼルがそういうのなら致し方ありませんね」

「ほらイブキもそんなところで座ってないで。服もちゃんと着て」

ラゼルはイブキに手を差しのべ、その場から立たせた。

「……う、ぐすんっ、せ、拙者は、貴様が父に勝ったというのを、き、貴様を倒すことで、嘘だと証明しようとしてここまできたのに、な、なんだこの様は…………！　拙者は自分の弱さが、恥ずかしいッ！！！」

イブキは泣きじゃくりながら、言葉を紡いでいく。

さっきまでリファネルを倒そうとしていた気概は、もう感じられなくなっていた。

「一つ勘違いをしてるようですから言っておきますが、私はあの男、剣聖メビウス・アルスタットに勝ったわけではありませんよ」

「え？」

「今なんとっ！？？」

このリファネルの発言にはイブキだけでなく、ラゼルも声を上げてしまった。当初ラゼルがレイフェルトに聞いていた話とは違っていたからだ。

「数年前の戦場で私はあの男と戦った、それは紛れもない事実です。けれど、あの男は最後の最後まで私を殺す気で戦おうとはしなかった。命懸けの戦場だというのに。〝我輩は女子供は斬らない〟最後までそう言ってましたよ。変わった男でしたが………実力は貴女の言う通り、間違いなく最強に近かったと思います」

「姉さん……じゃあ勝負はつかなかったってこと？」

「そういうことになりますね。最後は自分勝手に剣聖紋なんてものを押し付けて去っていきました。なので私はあの男に勝ったつもりはありませんよ」

リファネルはなんともいえない表情で空を見上げ、数年前を懐古する。

＊

――――数年前のとある戦場。

ここでは小国と小国が意見の食い違いからぶつかり、戦にまで発展していた。両国ともに他国の応援を頼み、激しくぶつかりあっている。

「た、助けてくださいッ、応援を要請しますッ！　あそこにとんでもなく強ぇ女剣士がいるんですッ!!」

「アホが、女一人に何を手こずってやがる」

戦場から逃げ出してきた男が、指揮官の男ザルコスに助けを求めるも、アホがと一蹴されてしまった。

「う、嘘だと思うならあれを見てください！」

男は必死になりながら、ある方向を指を差した。

「…………な、なんだってんだあれはッ！？？」

男に言われた方向を見て、ザルコスは思わず固唾を飲んだ。

そこには千に届きそうなほどの屍が築き上げられていて、その中心部には退屈そうに佇む女剣士の姿が。

「だから言ったでしょッ、マジでヤベェんですよあいつ！　人が紙切れのようにいとも簡単に斬り裂かれちまうんです」

「ならば魔術で遠距離から仕掛けるなり、やり方はあるだろうがッ」

自国の損失に苛立ち、ザルコスは男を怒鳴りつけた。

小国にとってこれだけの数の兵を失うということは、とんでもない痛手だ。このまま押しきられる可能性すらある。

「魔術だってさっきから何回も放ってます。それこそ、少ない魔術師に無理をさせて何回も何回も！　ですが、その魔術すらもあいつは簡単に斬り裂くのです」

「ぐぬぬ……」

「――――如何なされた、ザルコス殿？」

八方塞がりのザルコスの前に現れたのは、和服を着た壮年の男だった。

「おお、メビウス殿！！！　そうだ我が国には剣聖という心強い助っ人がいたではないか！」

ザルコスはこの戦において、剣の国ブフルキより剣士を雇っていた。そこで来たのが、当時の剣聖メビウス・アルスタットだった。

切羽詰まった現状を聞いたメビウスは、屍の山へと歩を進めるのだった。

＊

「はぁ、早く帰ってラゼルに会いたいです……ラゼルも私に会いたいでしょうし……」

幼くして剣の才覚を開花させた少女、リファネルは退屈していた。

国王である父から行かされるのは、こういった戦場での助っ人依頼ばかり。ラルク王国というお国柄、そういう任務ばかりになるのは仕方ないことだというのはわかる。

だが、

「せめてもう少し骨のある敵を斬りたいものです」

こういった戦では数が何より最優先される。そのため、リファネルは毎回まともに訓練も受けていないような有象無象を相手に剣を振るうことに煩わしさを感じていた。

「量より質……万の軍勢を率いても、一人の超越者には遠く及ばない。各国のお偉いさんはこの事実に早く目を向けるべきです」

初めての戦場は緊張と、恐怖に高揚感、いろいろなものが同時に襲ってきたものだが。無論、今でも決して油断してるわけではないが、リファネルは強すぎた。戦場で危機感を感じることが難しくなるくらいに、彼女は強くなりすぎてしまった。

「フハハハハっ！！！　たしかに貴殿の言う通りだ！」

「……何者です、貴方」

リファネルは敵が間合いに入ったというのに、その存在に気付けなかった。笑い声が聞こえて初めてその存在に気付いた。こんなことは今までで初めての経験だった。

「我輩の名はメビウス・アルスタット！　剣の国ブフルキから参った！　人は我輩を剣聖と呼ぶ！！！」

「無駄に声のデカい人ですね」

戦場全体に響き渡りそうな大声に、リファネルは耳を塞ぎながら顔をしかめる。

「そうか？　普通に喋ってるだけなんだが。にしても驚いたぞ、戦場でこれだけの屍の山を築きあげてるのが、貴殿のような女剣士だとは！　いや、天晴れだ」

「剣の腕に容姿や年齢は関係ありません。それよりも何故わざわざ声をかけたのですか？」

「ムッ？　それはどういう意味だ!?」

「とぼけないでください！　私は貴方が声を出すまでその姿を認識していなかった、そのまま斬りかかれば私を斬れたのではないですか？」

無論リファネルもそうなったらそうなったで、斬られる寸前に反応する自信はあった。だが戦場において、敵を簡単に倒せるかもしれないのに、わざわざそのチャンスを自ら潰す意味がわからない。

「何を言うか！　戦う前に互いに名乗るのは剣士としての礼儀であろうが！　さぁ我輩は名乗ったぞ、次は貴殿の番だ」

「ふふ、変わった男です。――私の名はリファネル。ラルク王国より依頼を受けて来ただけの、ただの一剣士です」

戦場で笑うなど初めてのことだった。そんな自分自身に若干戸惑いながらも、リファネルもメビウスと同じように名乗りをあげた。

「リファネルか。ふむ、よき名だ！　――では」

「ええ、ここは戦場。敵同士が会えばやることは一つだけ！　――斬ります」

これが剣聖メビウス・アルスタットとリファネルの邂逅だった。

＊

「ムウっ、その身のこなし、速さ、膂力！　これほどとはっ！　一太刀一太刀、全てがあまりに重いッ！　我輩は遂に巡り会えたのかもしれぬ！！！」

「ふっ、その攻撃を全て受け流しておいて、なにをいいますかッ！」

リファネルがその剛剣を振るうも、メビウスはそのことごとくを華麗に受け流してみせた。

両者の実力は拮抗していて、二人が剣を交えてから既に半日は経過していた。その頃には周囲に積み上がっていた屍は激しい剣の風圧でどこかに飛ばされていて、周辺で争っていた両国の兵もすっかり影を潜めていた。

――そしてさらに半日が過ぎた頃、

「馬鹿にするのもいい加減にしてくださいッ！！！」

リファネルが柄にもなく怒鳴り声を上げた。

彼女がこれほどに感情的になるのは珍しいことだ。

「なにを怒っているのだ？」

メビウスは激昂するリファネルとは反対に、冷静に答えた。

「なぜ、なぜ攻撃してこないのですかッ！！？　もう戦い始めて丸一日になるというのに、貴方は私の攻撃を受け流してばかり、たまに攻撃がきたかと思えばまるで力のこもってない形だけの攻撃……馬鹿にされてるとしか思えませんッ」

これだけ自らの剣を受け続けられては、流石のリファネルもメビウスの実力を認めざるを得ない。

だが、彼女が怒ったのはそれだけの実力があるというのに、まるで自分に攻撃を仕掛けてこないということ。

最初は自分の力量を確かめるため、慎重になってるものと思っていた。だが、あえて隙を見せても、メビウスは覇気のない攻撃をするばかり。それどころか、斬らないように気をつけているふしさえ見受けられる。

戦場に生きてきたリファネルにとって、これ以上の侮辱はない。そしてなによりも、そんなメビウスを仕留めきれない自分にも苛立っていた。

「うむ、そういうことか。だがすまない、我輩は女子供は斬らないと決めておるのだ」

「はい？　今なんと？」

「ん、聞こえなかったか？　ではもう一度。――――我輩は女子供は絶対に斬らない！！！！！」

それは馬鹿みたいにデカい声の馬鹿みたいな宣言だった。

国の大きさや治安にもよるが、戦場には女や子供が駆り出されることなんて珍しくもない。

そんなこと、この男も百も承知のはず。にも拘わらず、この男は高らかに宣言したのだ。

「声が小さいという意味で言ったわけではないのですが貴方は馬鹿なんですか？　なぜ戦場でそのような戯れ言を……女だろうが子供だろうが命を狙ってくるんです、いちいち情けなどかけていられません。もう一度言います、貴方は馬鹿なんですか？」

あまりの出来事に呆気にとられるリファネル。

「フハハハッ、そう馬鹿馬鹿言うな！　それにこれは我輩が自ら決めたこと、決して破ることはない！」

「そんなんで雇い主である国が納得するとでも？」

「さぁな！　それは雇い主側が決めることだ、我輩は知らん！！！」

「貴方と戦ってるのが急に馬鹿馬鹿しく思えてきました………」

せっかく自分に近い力を持つ者に巡りあえたというのに、本人に戦う気がないというのなら話にならない。

何故この男は戦場にいるのか。

リファネルの戦意は完全に消えてしまった。

「それに辺りを見てみるがいい！　もう我輩と貴殿以外、ひとっこひとりいないではないか。我輩達が戦ってる間に両国とも引き上げたようだ」

「それがなにか？」

「貴殿のような化物を丸一日足止めできたと考えれば、我輩もそれなりには役にたったことであろう！」

メビウスは鞘に剣を収めながら、誇らしげに答えた。

「化物、ですか。貴方にそう言われても釈然としませんね」

それを見たリファネルもまた剣を収めた。

相手に自分を害する気がない以上、もはや戦う意味はない。周囲に自分達を監視する気配も感じないし、このまま見逃しても問題にはならないだろう。

「いーや、貴殿は正真正銘の化物、剣の化身だ！　我輩は女子供は斬らないが、何度か貴殿に頭の中で攻撃を仕掛けてみた！　だがその全てが受け止められるイメージしか湧かなかった。我輩が仮に本気で戦っても、勝てはしなかったであろう！」

「ふん………そんなのは実際に本気で戦ってみなければわかりようもありません」

戦場ではなにが起こるかわからない。自らの力を過信して命を落とす者を、リファネルは何人も見てきた。

「それもそうだな！　だが、我輩は今日貴殿という剣士に会えてよかった。――――なんとか間に合ったようだ」

そう言いながらメビウスは右手の甲を空に掲げると、聞いたことのないような言葉の羅列をぶつぶつと呟いた。

長々と続く呪文のような言葉が進むにつれ、空に掲げたメビウスの右手の甲が蒼白く光始めた。

「なんのつもりですか？」

メビウスの謎の行動に、リファネルは一度は収めた剣を再び構えた。

「落ち着け、これは別に貴殿をどうこうするものではない」

「…………ですがその謎の光が私のほうへ向かってきてるのですが？」

あれだけ剣を交えて、一度も本気で剣を振ってこないような男のことなので、今さら自分を攻撃するとも考えにくい。リファネルはメビウスの言葉をすんなりと信じた。だが、攻撃でないのならばこの蒼白い光がどういった意図のものなのか、それが読めない。

「終わってから話す。害のあるものではないから、我輩を信じてほしい」

「ふ、今まで殺し合いをしていた相手に信じろとは、本当に笑わせてくれますね貴方は」

「我輩は貴殿を殺す気などなかったから、正確には殺し合いではないがな」

「……黙ってください」

こういう言われ方をすると、自分だけ本気になって、それでいてなおこの男を殺しきれなかったと、そう言われてるように思えて少し苛立ちを覚えてしまう。

それからすぐ、メビウスから伸びた蒼白い光がリファネルの右手の甲へと繋がった瞬間、ひときわ強く光ったあとで消失した。

「で、貴方を信じて待っていた結果、右手の甲に謎の紋様が浮かび上がったのですが……これはいったいなんでしょうか？　説明してもらえるんですよね？」

「ちゃんと説明するから、剣を突きつけるでない!!」

何かが変わった感覚はまったくない。魔術で攻撃を受けたわけではない。ただ右手の甲によくわからない紋様が浮かび上がっただけ。

理由がわからないだけに気味が悪かった。

「――その紋様は剣聖紋といってな、剣聖、つまり最強の剣士であることを証明する証だ。保持者を死に至らしめるか、強さを認めた相手に譲渡できる。ある程度実力がないと、その紋は見ることすら敵わないが」

「なぜそれを私に？　貴方は別に私に負けたわけではない、自分で持っていればいいではありませんか」

剣士として最強の称号、持っていても困るものでない。くれるというのなら貰うが、別に喉から手が出るほど欲しいわけでもない。

何故ならそんなものあろうがなかろうが、リファネルは誰にも負けるつもりなどないのだから。

「フハハッ！　そういってくれるな、それがあることで貴殿にはあるメリットが生まれる」

「そのメリットとはなんなんですか？」

「貴殿は強くなりすぎて、ずっと退屈してたんじゃないか？」

「……なぜそう思うのです？」

「そりゃあんな屍の山に表情一つ変えないで退屈そうに突っ立ってれば、誰だって気付くであろう！　その点、剣聖紋があればこれからはあらゆる猛者に狙われることになる、なにせそれを欲しがるヤツはいくらでもいるからな。貴殿の退屈も少しは紛れることだろう」

「ほう」

リファネルは不覚にも少しいいかもと思ってしまった。今日は久しぶりにメビウスのような猛者と戦えて楽しかった。そう、今までのは戦いですらなかったのだと気付かせて、いや思い出させてくれた。

「仮に貴殿より強い奴がいて、貴殿がそいつに殺されたとしよう。そうなったなら剣聖紋は自ずとその者に移る。それが剣聖紋を持った者の宿命というわけだ。どうだ？　気に入ったのではないか？」

「なるほど、たしかに私にとってはいいことずくめですね。ですが、ならば何故貴方はこれを私に受け渡したのですか？　貴方は女子供は斬らないとは言いますが、戦い自体が嫌いという風には見えなかったのですが」

リファネルが楽しかったように、メビウスも戦闘中笑みを隠しきれていなかった。それにこれだけの実力者だ、戦いが嫌いなわけないのだ。

「まさか常に狙われることに疲れてしまった、なんて言わないですよね？」

「フハッ、そんな筈がなかろうよ！　我輩も伊達に剣の道を突き進んできたわけではない！　いつどんな時に何人かかってこようが構わんよ」

「では何故」

「…………病を患っているのだ」

若干言いにくそうに、メビウスは口を開いた。

「そうですか、長くないのですか？」

「ウム、それは神のみぞ知るというところだろう！　別に死ぬのは構わんのだ、それは生きてる以上避けられないことだからな。我輩が危惧していたのは、その剣聖紋が誰にも受け継がれずに消えてしまうことだった……中々受け渡すに値する者に出会えなくてな。しまいにはこんな戦場にまで足を運ぶようになってしまった」

「そこで私と出会ったと」

「そういうことだな！　では、我輩は役目を終えたのでぼちぼち行かせてもらうとするかな」

気付けば二人は誰もいない戦場ですっかり長話をしてしまっていた。メビウスはリファネルに背を向けてゆっくりと歩き出す。

「私が殺しきれなかったんです、病なんかに殺されないでくださいよ」

「フ、そうだな、我輩も貴殿の健闘を祈ってるぞ。――――剣聖リファネル」

こうしてリファネルは剣聖紋を得て、剣聖と呼ばれるようになった。

それからはしばらく腕に自信のある者から命を狙われ続けるも、一度も負けることなく現在に至るのだった。

＊

「――――リファネル姉さん？」

どうしたんだろう、空を見たまま固まっちゃって。姉さんにしては珍しいな。

「ハッ、な、なんでもありませんよラゼル！　お姉ちゃん少し昔を思い出して懐かしんでしまってたようです」

姉さんでも過去を振り返ることなんてあるんだね。勝手にだけど過ぎたことは気にしないタイプかと思ってたよ。

「で、では父は貴様に負けていないのだな！！？」

「ええ、その通りです。丸一日戦いましたが、勝負にもなりませんでしたよ。なにせ剣聖メビウス・アルスタットは女子供は斬らないんですから」

女子供は斬らないって、なんかすごい優しそうな人だなと思う反面、リファネル姉さんの攻撃を丸一日受けきったってことに驚きを隠せない。

「姉さんと丸一日戦って決着がつかないなんて、イブキのお父さんはすごい人なんだね！」

「当然だッ！！！　拙者の父は最強なのだ！！！」

よかった、イブキの元気が戻ったよ。これでもう自害するとか言い出さないといいけど。

っていうか、最初からこの話をしてれば戦わないで済んだんじゃないかな。

「剣聖リファネル、此度は大変な失礼を詫びさせてもらう。すまなかった！」

「まぁ私は別に構いませんよ、いい運動になりました」

「父が女子供を斬らないというのは結構有名な話でな。拙者は貴様がそれを逆手にとり、父を倒したと思い込んでいた。でも今日戦ってわかった。貴様の剣は本物だ！　拙者には恐らくその力の半分も使ってないであろうが、実力の差は嫌というほど理解したつもりだ」

なんか急に素直になったなぁ……きっと、本当にお父さんが好きで、お父さんの負けを信じたくなかっただけなんだね。

「そこで一つお願いがある！　拙者を貴様、いや、剣聖リファネル殿の弟子にしてほしい！！！！」

イブキが地に頭をつけて、姉さんに土下座した。

まさかこんな展開になるとは……さすがに予想できなかった。まぁ姉さんの答えは簡単に予想できるけど。

「断ります。早く国に帰りなさい」

「そこをなんとか、リファネル殿！！！」

「嫌です！」

「そんなぁ……」

諦めきれないのか、イブキも簡単には引き下がらない。

「ところで、貴女の父はまだ生きてるんですか？」

「当然！！！　今も元気に剣を振ってるぞ！！！」

「――――そうですか」

気のせいかな、今リファネル姉さんが少し笑ったように見えたけど。

「父に免じて、どうか弟子にしてください！！！　リファネル殿！！！」

「絶対に嫌です！」

うん、気のせいだね。

イブキをすごい怖い顔で見てるもんね。

いきなりのイブキの訪問で驚いたけど、こうして、今回の騒動は意外な結末で決着したのだった。

*

「へぇ～、私がいないちょっとの間にそんな面白いことがあったのね」

夕食時、僕はレイフェルト姉にさっき起こったことを話した。

あの後、イブキはリファネル姉さんに弟子入りを断られたあとも粘り強く何度も頼み込んでいた。

だけど姉さんは弟子をとる気なんてさらさらないようで、どれだけ粘られても結果は変わらなかった。

このままじゃ埒が明かないと思って、僕はイブキに今日は諦めるように諭し、泊まるところも決まってないようだったのでシルビーの働く宿『ネコネコ亭』を紹介した。

「面白いことなんてないよ。決闘っていうから僕はリファネル姉さんが本当にイブキを斬るんじゃないかってヒヤヒヤしてたんだから」

いくら決闘とはいえ、イブキみたいな女の子が目の前で姉さんに斬られる場面なんて見たくはない。

少ししか話してないけど、絶対に根はいい子だと思う。

「まぁ、相手がその気ならば仕方ないとも思いましたがね」

「え？　イブキは本気じゃなかったってこと？」

僕は二人の攻防が速すぎて、完璧には追えてなかった。それでも昔よりは多少成長したのか、ある程度は見えたけど。

「いえ、そういう意味ではありません。私を殺す気できてなかったという意味です。どの攻撃も急所を避けるか、仮に当たったとしても刃が深く入らないような攻撃ばかりでしたね」

僕は動きを追うのでやっとだったからそこまで気付かなかったけど、たしかに一度も首を狙ったりはしてなかったかも。

「そうだったんだ。それにしてもあのグルグル走り回る攻撃は凄かったね、よくあれだけの速さで走り続けられるよね。僕なんか見てるだけで目が回りそうだったよ」

「たしかに……まだ幼いのにあれだけの速さで動けるのは中々だと思います。あまり言いたくはありませんが、才能はかなりのモノを感じます」

へぇ、これまでに沢山の才能ある人と戦ってきたであろうリファネル姉さんがここまで言うなんて、かなり珍しいことなんじゃないかな。

「それ、イブキに直接言ってあげたら喜ぶんじゃないかな？」

「フフ、私はそんなに優しくありませんよ。私が優しくするのはラゼルだけですから！」

姉さんが僕にも厳しい人だったなら、僕も姉さんに剣を教えて欲しいんだけどな。前にお願いしたときは僕に甘すぎて、まったく修行にならなかったからなぁ。

まぁ真剣に教えてもらえたとしても、ついていけるか自信はないけど。

「リファネルがそんなこと言うなんて、私もその子に会ってみたくなったわ」

「大丈夫だよ、しばらくはシルビーの宿に泊まるって言ってたし。なにより僕の勘が正しければすぐに会えると思うよ」

「へぇ、じゃあ楽しみに待ってようかしらね」

そんな会話をしつつ、僕達は今日の夕食を終えた。

ルシアナは思いの外依頼に手こずっているのだろうか、今日も帰ってこなかった。

＊

「フンッ、フン、フンッ！！！！」

夜、今日も今日とて僕は日課の剣の素振りに励んでいた。

ロネルフィさんに教えてもらった通りに剣を振るようになってから、自画自賛にはなっちゃうけどかなりいい感じになってきた。剣が体の一部になってきたような、そんな感覚だ。

今日は特にイブキとリファネル姉さんの戦いを見たせいか、無性に体を動かしたい気分だった。

「あらあら、今日はいつもより気合いが入ってるじゃないの」

「あ、ロネルフィさん！　こんばんは」

僕が素振りを始めて少しして、ロネルフィさんが欠伸をしながら出てきた。

ここ数日でわかってきたけど、ロネルフィさんはかなり寝る。同じ家にいる筈なのに、この夜の時間以外はほとんど姿を見ない。

この前何の気なしに聞いてみたら、「寝溜めしてるのよ。いざ面白そうな相手と戦うことになったとき、眠くなったら楽しめないでしょ！」とのことだった。

寝溜めなんてできるものなんだろうか。

眠気が襲ってくるほど長い間戦い続けるなんて経験が僕にはないから、そういう人には大事なことなのかもね。

「私はおはようだけどね。で、どうしたの、そんなにはりきっちゃって？」

「あ、そんなにわかりやすかったですか？　実は今日リファネル姉さんと、ブフルキっていう国からきたイブキって子が色々あって戦ったんですよ。まだ小さいのにリファネル姉さんも誉めるくらい強くて。僕もなんだか変に刺激されちゃって」

「ああ、なんか家の外でリファネルと子ウサギがじゃれてたわねぇ。てかあの子ウサギ、剣の国出身だったのねぇ」

ロネルフィさんも見てたのかな？　あれをじゃれてたと言ってしまうあたり、さすがというかなんというか……

「ロネルフィさんは剣の国に詳しいんですか？」

「ん～、まぁそこそこね。ラルク王国と似たような国だから、戦場で鉢合うことも結構あったわけよ。どいつもこいつも、そこそこ楽しませてくれたわ」

戦いを楽しむ、か。僕にはわからない領域だな。楽しむ前に、死なないように必死だから。

「そんなことよりほら、手が止まってるわよ！　会話中も剣を振り続ける！　いついかなる時も敵に狙われてるかもしれないって緊張感を持つと、もっとよくなるわよ」

「はい！」

＊

今日もロネルフィさんに様々なアドバイスをもらいながら、夜が深まるまで剣を振った。

そろそろ終わりにしようと、汗を拭っていたときだった。

「ロネルフィさん？　どうしたんですか？」

いつもなら、僕の修行が終わると先に部屋に戻るんだけど、今日はなぜか戻る気配がない。

「ん〜、そろそろ行こうかと思ってね」

「え、行くって……」

「だいぶ体も休まったし、ぼちぼちあの魔族を斬りにいくのよ！　ついでにラルク王国によって、あなた達の近況報告でもしてあげようかしら。元は国王にそう言われて来たわけだし。そのお陰であの魔族とも巡り会えたからね」

ロネルフィさんがこの国に来たきっかけは、国王に姉さん達を連れ戻すよう頼まれたからって、初めて会ったときもそう答えてたっけ。

ロネルフィさんにその気はなかったっぽいけど。

「……そうですか、少し寂しくなりますね」

最初は怖くて近寄りがたかったロネルフィさんだけど、夜のこの僅かな時間、いろんなことを教えてくれた。

僕はいつの間にか、もっともっとロネルフィさんに教わりたいと思ってしまっていたようだ。その証拠に、この家を出ていくと聞いた今、とても寂しい気持ちになった。

「アハハッ、また遊びにきてあげるわよ！　まだまだ教えたいことも沢山あるし。それまではちゃんと、これまで教えたことを続けるのよ？」

「はい！」

「それと、私が役に立たないとわかったら国王が更なる追手を出すと思うから、油断しないようにね。まぁリファネル達なら大丈夫かしら。――――じゃあまた会いましょう」

「え、えっと、ロネルフィさん！？？」

温かく、柔らかいような硬いような、よくわからない感触が僕の顔に触れた。

姉さん達みたいに強く抱きついてくるような感じじゃなくて、軽い挨拶みたいなハグ。

それでも僕が驚いたのは、ロネルフィさんはこういうことをしないタイプの人だと思っていたからだ。

「頑張るのよ、ラゼル」

僕の背中を優しくポンポンと叩いて、今度こそロネルフィさんは行ってしまった。僕はロネルフィさんが見えなくなるまで見送ったあとで、家に戻ろうとして、

『やっといなくなった』

頭の中で単調な声が響いた。この感じは…………

「セロル！」

僕がその名を呼ぶと、淡い光と共にセロルが姿を現した。

「久しぶりだね、シルベスト王国に戻ったら修行に付き合ってくれるって言ってたのに、なかなか姿を見せないから心配したよ」

「……」

「って、どうしたのセロル？」

元々無口だったけど、今日はなんというか……少しムッとしてるような。

「……私と修行するって約束したのに」

「えっと、セロル？」

「……」

これはもしかしてだけど……僕がロネルフィさんに稽古つけてもらってたからムッとしてる？

「あの人はロネルフィさんっていってね、すごい強い人なんだよ、そんな人が剣を教えてくれるっていうからさ…………ごめんね、セロルとの修行を忘れてたわけじゃないんだ、むしろ楽しみにしてたんだよ！」

「ならいい」

う～ん、少しは機嫌直ったかな？

「じゃあラゼル、早速始める」

「ま、待って待って！　その、気持ちは嬉しいんだけど今日はもうクタクタでさ、明日からでもいい？」

「……わかった、じゃあまた明日」

若干不満そうではあったけど、セロルはそう言って、また消えてしまった。

＊

「リファネル殿ーッ！！！」

翌朝は、イブキの馬鹿みたいに大きな声で目を覚ました。

どうやら玄関前で叫んでるようだ。ノックしてくれれば出るのに…………

僕が出ようと起き上がると、玄関が乱暴に開く音が聞こえた。

「朝早くから、うるさいですッ！！」

「――――ヴォエエエッッ！」

声の感じで出たのはリファネル姉さんで間違いないとは思うんだけど、これ、絶対イブキのこと殴るか蹴るかして追い返したよね？　凄い声が凄い勢いで遠ざかってくのがわかったんだけど……

「おはよう、リファネル姉さん」

「あん、おはようございますラゼル！　今日も可愛いですね」

寝室から出て玄関のほうに行くと、リファネル姉さんがとびきりの笑顔で立っていた。

「イブキの声が聞こえた気がしたんだけど……大丈夫？」

「心配無用ですよ！　私も声が聞こえて玄関を開けたんですが、誰もいなかったです」

しれっと嘘をつくリファネル姉さん。

いや、絶対いたよねイブキが。

「リファネル殿ーッ！！！」

「チッ……」

さっきと変わらない、いやさっきよりも大きくイブキの声が響いた。ていうか、あからさまに嫌な顔で舌打ちしてるよ。

「ハァ……今度は僕が出るからね」

リファネル姉さんが出たら何回でも追い返しそうだ。それはいくらなんでも可哀想なので、今度は僕がドアを開けた。

「おはようイブキ。朝早くにどうしたの？」

「おはようございます、ラゼル殿！　今日はリファネル殿に弟子入りを許してもらいにきました！」

昨日リファネル姉さんに負けたからか、イブキの言葉遣いがだいぶ丸くなったように思う。

いや、こっちが本来のイブキなのかもしれない。

お父さんのことでいろいろ思い詰めていたんだろう。

「そっか、とりあえず入りなよ。あと、あんまり大声出すと近所迷惑だから、次からはドアをノックしてね」

だいぶ激しく追い返されたのか、イブキには土埃がついていた。

「それは申し訳なかったです、次からは気をつけます」

僕は嫌そうな顔のリファネル姉さんを横目に、イブキを招き入れた。

「フフフ、可愛い弟子ができてよかったじゃないのリファネル！」

「まったく……他人事だと思って。私は弟子なんてとりません！」

「そこをなんとか！　リファネル殿～」

もう昨日の刺々しかった雰囲気は見る影もない。っていうか変わりすぎだよ。

「引っ付くんじゃありません！　鬱陶しいです」

「あうッ！」

イブキがきたお陰でとても賑やかな朝食になった。

終始リファネル姉さんは嫌がっていたけど、イブキはめげずに頼み込んでいた。

レイフェルト姉は面白そうにイブキとリファネル姉さんのやりとりを見て、一人で笑ってた。

＊

「あ～笑ったわ。あのイブキって子面白いわね！」

「……私は疲れました」

楽しそうなレイフェルト姉と、どっと疲れた顔をしてるリファネル姉さん。朝食を終えた僕達三人はギルドに向かっていた。

そろそろ本気でルシアナが心配になってきたので、ギルドに行ってどんな依頼を受けたのか確認するつもりだ。

この前一緒に行った時はこんな遅くなるとは思わなかったから、どんな依頼を受けたのか確認すらしてなかったんだよね。正直ルシアナならどんな依頼でも大丈夫って思いが強かったんだ。

姉さん達は今日も二人で勝負かなと思いきや、数日本気で戦って感覚が戻ったから、今日は僕についてくるらしい。

ギルドくらい一人で行きたいところだけど、きっと姉さん達もルシアナが心配なんだろう。

さっきまで一緒に朝食をとっていたイブキはというと、一足先にギルドに向かってしまった。

あまりに弟子にしてくれと粘るイブキにリファネル姉さんが「そうですね、じゃあSランク冒険者になったら考えてあげます」と、そう言ったのがきっかけだった。

僕に冒険者ギルドの場所を聞くと、朝食を掻き込み家を飛び出していった。姉さんもかなり厳しい条件を出すものだ。

「そういえば昨夜、ロネルフィさんが帰ったんだけど姉さん達は知ってた？」

「おや、いつの間にか帰ったんですね。知りませんでした」

「やっと帰ったのね！　ロネルフィって、いつも気付いたらいなくなってるのよね」

なんか意外と軽い感じだな。まぁ、もう二度と会えなくなるわけじゃないし、こんなもんなのかな。

＊

「ほら、これがルシアナの嬢ちゃんが受けた依頼だ」

ギルドについてすぐ、僕はセゴルさんにルシアナがまだ帰ってないことを説明して、依頼内容を教えてもらった。

机には三枚の依頼書が並べられた。

「一気に三つも受けたんですか？　うわ、しかも全部Ｓランクだし……」

「この中のどれかって言ったつもりだったんだがな。全部持っていっちまった」

依頼をそれぞれ確認してみる。

えーと、エンペラーオーガの討伐にドラゴンの討伐、それとキングオクトパスの討伐、か。

そこには見るからに強そうな名前の魔物が書かれていた。

ドラゴンはわかるけど、エンペラーオーガってどんな魔物なんだろうか。単純に考えると、僕がなんとか倒せたハイオーガの上位種だとは思うけど。

キングオクトパスに至っては名前を聞くのも初めてだ。

「止めようにも、話も聞かずに出てっちまったからなぁ」

ルシアナの力をある程度は知ってるセゴルさんも、これには驚いていた。

一度に複数の依頼を受けることも、パーティでならそこまで珍しいことじゃないんだろうけど、今回は一人だし、全部Ｓランクだもんね。

「あの、このキングオクトパスってどんな魔物なんですか？」

「ああ、こいつは海に棲む魔物でな。まぁワシも本でしか見たことはないが、簡単に説明するなら巨大なタコだな」

「やっぱりSランクの依頼になるくらいだから、強いんですよね？」

「そりゃあ当然だ。その強さはさることながら、討伐ともなると、必然的に船の上での戦いになるからな。足場である船を破壊されたら一堪りもないだろう。ドラゴンを海に引きずり込んだ、なんて話も聞いたことがある。Sランクに恥じない怪物だぞ」

ひえ～……話を聞く限り、ドラゴン討伐よりも断然難易度は高そうだ。

でもルシアナの場合、最悪船を破壊されても魔術があるし、なんとかなるとは思うけど。それでもやっぱり心配だよ。

「まぁ今回の依頼は全部、ルシアナの嬢ちゃんだけじゃなく他にも冒険者が大勢集まる依頼だから、無茶だと判断したら諦めるだろうよ。流石のワシも単独でSランクの依頼を勧めたりはしないさ」

よかった、他にも冒険者が集まるのか。

僕はそれを聞いてだいぶ安心した。

でもルシアナは協調性がないからなぁ。他の冒険者が諦めても、ルシアナはどうだろうか。

僕はルシアナが諦めるところなんて想像できないんだよなぁ……周りの人達が止めても聞くわけないし。

「ちなみに、こっちのエンペラーオーガはどんな魔物なんですか？」

「エンペラーオーガはワシも若い頃に一度遭遇したことがある。見た瞬間に戦うという選択肢が消えるくらいにはヤバかったな……息を潜めて、なんとかやり過ごしたんだが、あの時見つかっていたらと思うと今でも震えるときがある」

「やっぱりハイオーガとは、だいぶ違うんですか？」

「ああ、オーガっていうのは、オーガ〈オーガロード〈エンペラーオーガって順番でどんどん手強くなっていくんだ。一般冒険者が倒せるのはハイオーガまでと考えたほうがいいだろう。ハイオーガとオーガロードの間には天と地ほどの実力差があるからな」

上から二番目のオーガロードでさえ、僕が苦労して倒したハイオーガより遥か格上。エンペラーオーガはどれだけ強いっていうんだ……

「ルシアナは大丈夫、ですよね？」

「冒険者に絶対大丈夫、なんて保証はないが、ルシアナの嬢ちゃんも馬鹿じゃないなら危なくなったら逃げるだろうよ。幸いにもエンペラーオーガは逃げる者を追いかけはしないらしいからな」

逃げる者を追わないとはいってもなぁ……まず、ルシアナが逃げるとは思えないんだよね。まぁそれ以上に、ルシアナがそんな事態になるまで追い詰められるとも思えないけど。でも今日はギルドにきてよかった。

僕が心配だったのは、ルシアナにとっては簡単な依頼なのに帰りが遅いんじゃないか、と考えたからだ。けれどこの依頼内容なら、いくらルシアナでもそう簡単に帰ってこれるものじゃない。逆に帰りが遅い理由を知れて、少し安心できたまでである。

「それと話は変わるが、今ちょっと前にイブキとかいう随分と騒がしいのが来たぞ！　なんでもリファネルの嬢ちゃんの一番弟子だとか。元気があっていいな！」

「私に弟子なんていませんっ！」

プンスカ怒るリファネル姉さんを見て、僕とレイフェルト姉は笑いを堪えるのに必死だった。

「イブキは今どこにいったんですか？」

「それがな、まだ冒険者登録をしたばっかりなのにSランクの依頼を受けたいとか、どっかの誰かさん達みたいなことを言い出してな」

誰かさん〝達〟っていうのはやめてほしいな。僕は最後まで反対してたんですよセゴルさん……

「それで、一人でSランクの依頼に行っちゃったんですか？」

「おいおい流石のワシもそこまで薄情じゃないぞ。あの子も相当の実力者だっていうのはわかるが、まだリファネルの嬢ちゃん達ほどじゃないだろう。それに、お前さん達にSランク依頼を許したのは、パーティだったからだ。一人だったら許可してないさ」

「ま、一人でも私は全然余裕だったけどねぇ。貴方も自分の目が曇ってたって認めたものね！」

レイフェルト姉がセゴルさんの肩を馴れ馴れしく叩く。

セゴルさんは僕達を心配してくれてたんだし、レイフェルト姉の言い方は少し可哀想だ。

でも一人で余裕っていうのも、レイフェルト姉の強さを知ってる僕からしたら本当のことなので、なんともいえないところではある。

「まぁそう言ってくれるな。本来Ｓランク依頼なんてなかなか受けるやつすらいないんだ、慎重にもなるさ」

本当だよ。僕達みたいな駆け出し冒険者にＳランク依頼の許可を出してくれたんだから、セゴルさんに感謝するべきだよ。

「それじゃあイブキは帰ったんですか？」

ひとまずは、一人でＳランクの依頼を受けたりはしていないようなので安心した。姉さんの弟子にしてもらおうと頑張るあまり、ヤバい依頼を受けて命を落としたりなんかしたら悲しいもんね。

「お前らと同じく、最初はゴブリンの駆除をしてるよ。今回の回収してきた魔石の数によっちゃ、次からはもう少しランクが上の依頼を受けさせてもいいと考えてるがな」

「いいえ、できればずっとゴブリンの駆除でもやらせといてください！　それか薬草の採取でも！」

なんとかしてイブキがＳランク冒険者になるのを阻止したいのか、リファネル姉さんがそんなことをセゴルさんに言ってる。

けど本当にＳランクになったら、その時はどうするんだろう。素直に承諾するのかな？

僕個人の考えとしては、イブキには頑張ってほしいけど、それでもなれるかどうかはわからない。

もしなれたとしても、それはずいぶん先の話になることだろう。

姉さんもいきなり弟子にしてくれなんて言われて戸惑ってるのかも。だからとりあえず時間を稼いだとか。

＊

「それじゃ、僕達はこれで帰りますね」

「おお、またよろしくな」

ルシアナのこともわかったので、僕達はギルドを出た。帰り際、依頼を受けないのか聞かれたけど、今日のところは遠慮しておいた。

「あ、ラゼル様！　やっぱりギルドでしたか！」

ギルドを出てすぐ、ばったりとラナに会った。

ゼル王国でのことやロネルフィさんのことを、国王であるお父さんに詳しく報告しにいくといって別れて以来だ。

「やあラナ！　なんか久しぶりな気がするね。実際はそうでもないけどさ」

「まぁ！　それは私と会わなかった時間が、長く感じたってことですかっ！？？」

ラナは嬉しそうに近づいてきて、手を握ってきた。

顔と顔との距離がやけに近い。

「はいはい、手を握らない！　顔も近い！」

だけどそれもほんの一瞬のことで、レイフェルト姉にすぐさま引き剥がされてしまった。

「あう……」

「ラゼルを捜していたようですが、なにか用だったのでは？　といっても、今日はラゼルは私と二人で過ごす予定があるので、あまり時間はありませんが」

そんな予定入れた覚えはないんだけどね。

でもリファネル姉さんが言うとおり、たしかに僕を捜してたように思う。

「リファネル姉さんの言ってることは気にしないでね。それで僕達になにか用だった？」

「はい、実は皆さんに少しお話がありまして」

ラナは遠慮がちに両手を合わせて僕達を見た。

＊

「はいどうぞ。王女様のお口に合うかわかりませんが」

僕は若干ふざけながら、ラナにお茶を出した。

話があるとのことだったので、僕達はラナを家に呼んでその話を聞くことにした。

「まぁラゼル様ったら！　王女様だなんて他人行儀な呼び方はよしてください」

「あはは、冗談だよラナ」

「もう！　ラゼル様ったら！」

少し前まで王女様にこんな軽口が聞けるまで仲良くなれるとは想像もできなかった。けど、今はすっかり友達感覚で話すのが当たり前、というかそれに慣れてしまった。最初の頃みたいに敬語で話したら、逆に違和感を感じちゃうだろうね。

「また随分ラナと親しくなったわね、ラゼル？　お姉さん嫉妬しちゃうわ！」

「ちょっとレイフェルト姉!?」

ヤキモチ、というやつなんだろうか。レイフェルト姉が僕の背中にくっついてくる。

「あら、照れちゃってるの？　いつも家でしてることをやってるだけなのに。あんまりお姉さんを嫉妬させると、今夜辺り夜這いしちゃうわよ」

レイフェルト姉の生暖かな吐息が、耳にフッと入ってくる。

情けない声を上げてしまいそうになったけど、ラナの前ということを思い出してなんとか耐えた。

ていうか夜這いって……あれって男性が女性にするものだった気がするんだけど。

「ラゼルから離れなさい、レイフェルト！　それに夜這いなんてはしたない言葉、ラゼルに使わないでください！」

リファアネル姉さんがレイフェルト姉を引っ張って、僕から遠ざけてくれた。だけど、

「あの、リファアネル姉さん？」

「ん？　なんですか、ラゼル？」

今度はリファネル姉さんが僕にくっついてきた。

これじゃ僕にとっては、なんも変わってないのと一緒だよ。

「ラナも来てることだし、一旦離れてもらえると助かるんだけど……」

「ふふダメです。話ならこのままでも聞けるではないですか。それとも、ラゼルはお姉ちゃんが嫌いなんですか？」

「いや、嫌いじゃないけど……」

いつもくっついてくるけど、なんでラナがいる今日に限ってこんなにしつこいんだ。

「ふふふ、相変わらず皆さん仲がいいんですね」

僕達姉弟のこんなやりとりを見ても、もうラナはたいして驚きもしない。慣れたんだろうね。

穏やかに笑いながらお茶を啜ってる。

これが当たり前って思われてるのはなんか嫌だな……

「それでラナ。わざわざ僕達を捜してたっぽいけど、またなにかあったの？」

リファネル姉さんを引き離すことは諦め、話の本題に入ることに。

「はい。実はシルベスト王国に戻ってからも、私はナタリアと連絡を取り合っていたんですが、ついさっきいよいよ決まったんです。一月後、各国の主要人物が集まって、魔族についての今後の対策等を話し合う場が開かれることが」

「一月後ですか、ずいぶんと悠長なんですね。まぁ、私には関係ない話ですが」

リファネル姉さんが僕にくっついたまま、どうでもよさげに呟いた。

たしかに、僕も姉さんと同じく、まずそこが気になった。

下手したらゼル王国は壊滅してたかもしれないし、魔王を名乗る魔族まで現れてる。僕はもっと早くに話が進むと思ったけど。

「それについては私もその通りだと思うんですが、今回の話し合いは、この大陸の国だけではなく、東西南北あらゆる大陸から主要国が集まるとのこと。予定を合わせるのに、どうしても時間がかかってしまうようです」

他の大陸からもか。これはもしかしたら、歴史的な会合になるんじゃないかな。

「それはまた、すごい規模の話し合いになりそうだね」

なんていうか、スケールが大きくなり過ぎて、こんな子供みたいな感想しか出てこないよ。

「はい。さすがに敵対している国もあるので、世界中全ての国が集まるというわけではありませんが、主だった国はほとんど参加します」

「ちなみにそれってどこで開かれるの？」

これだけの話し合いだし、それなりの大国で開かれるんだろうけど。

「開催場所とされるのは、勇者様を輩出した国。レイモンド王国です」

レイモンド王国か。魔王討伐の一番の功労者である初代勇者、そして現勇者であるヘリオスさんもここの出身だし、ここなら皆文句はないだろうね。

「それで、なんで私達にその話をしたのかしら？　まぁなんとなく予想はできるけどね」

うん。レイフェルト姉と同様、僕もなんとなく予想できるよ。

「その、これは強制ではないのですが…………シルベストでもゼル王国でも第一線で戦っていたラゼル様達パーティに、是非とも参加してほしいということになりまして」

やっぱり。そんな感じがしたんだよね。

「それと、これは個人的なお願いなんですが、私もラゼル様達のパーティに来てもらえたら嬉しいです。こういう大国の代表が集まる場だと、シルベスト王国のような小国は肩身が狭いといいますか…………様々な国の人が来るのでなにが起こるか不安もあります…………けど、皆さんが一緒なら私も心強いです。どうかお願いします！！！」

頭を下げるラナを見てから、僕は姉さん達のほうに視線を向けた。二人の意見を聞いてみたい。

「う〜ん、面倒臭いので行きたくないですね。ですがラゼルが行くなら私もついていきます」

「私も反対よ！　こういうのは偉い人同士が勝手に話し合えばいいのよ。でもラゼルが行くなら私もいくわよ」

なんかゼル王国に行く前みたいになっちゃったな。

ゼル王国のときは僕の意見で行くことになって、その結果姉さん達は傷ついた。もうその傷はすっかり治ってきてはいるけど、僕も責任を感じている。

だから簡単にオーケーを出すのもどうかとは思うんだけど、今回は話し合いだし、なにより魔族と戦った経験のある姉さん達の意見は役に立つかもしれない。

ラナのお願いだし、僕の意見はこの話が出たときからだいたいは決まっていた。

「僕はラナについていってあげたいな。一応人間である僕達も関係のある話なわけだしさ」

この話し合いは対魔族に関するものだ。当然、僕達も無関係とはいえない。

「なら当然、私もラゼルについていきます」

「まぁそうなるわね」

後は一月後って言ってたし、その頃にはルシアナも戻ってるだろうから、意見を聞いてみよう。

まぁ、多分、というか必ずついてきてくれるとは思うけど。

「……皆さん、ありがとうございます！！！」

「お礼ならラゼルに言ってください。私はラゼルについていくだけなので」

「私も本当は行きたくないけど、ラゼルが行くっていうからいくのよ！」

「うぅ、ラゼル様、本当にありがとうございます！」

僕の手を握って、目を潤ませるラナ。

「こら！　手を握っていいなんて言ってないでしょ！」

レイフェルト姉が僕とラナの手をふりほどいた。

この光景、ついさっきも見たような。

いやもっと見てるか。ラナってすぐに手を握ってくるし。その度にこんなやりとりをしてる気がするよ。

「あ、それともう一つ話しておくことがありまして。実は昨夜、勇者パーティの皆さんがシルベスト王国に帰ってきたんです」

勇者パーティは、僕達がゼル王国に応援に行くより前に、ファルメイアさんが魔族を見つけたとかでこの国を出てしまっていた。

帰ってきたってことは、無事に魔族を倒せたんだろうか。

「そっか、じゃあ魔族は倒せたのかな？」

「そのことなんですが、どうやら魔族には逃げられてしまったようです」

「怪我とかは大丈夫なの？」

「はい、それは大丈夫なんですが…………」

口ごもるラナ。

「なにかあったの？」

「ファルメイア様とヘリオス様が、なんていうかあからさまに元気がないといいますか、覇気がないといいますか。とにかく落ち込んでるんです。お父様も心配してまして」

それは心配だ。魔族との戦闘でなにかあったんだろうか。でも怪我はしてないっていうし。

もしかしたら魔族の中には精神を攻撃できるやつもいるとか？　魔族って何でもありだから、あり得るかも。

「ふ、勇者は自分の実力に気がついて絶望してるのでしょう。いい気味ですね！」

リファネル姉さんは元から勇者が嫌いなのもあるけど、この前のパーティーでさらにいろいろあったからなぁ。

「本当よ！　ラゼルを傷つけようとしたから天罰が下ったのよ！　ざまぁないわ」

天罰って……僕は神様かなにかなのかな……

「二人が元気ないのは心配だけど、他の二人、ヒリエルさんとハナさんは大丈夫なの？」

「あ、お姉ちゃ……ごほん、姉のハナとヒリエル様は変わらず元気です。姉が皆さんに一度、ちゃんと謝りたいって言ってましたよ。そのときは優しく対応していただけたら、妹の私としましては嬉しいです」

今ハナさんのことお姉ちゃんって言おうとしてたけど、恥ずかしがることないのに。でもハナさんが謝りたいなんて意外だ。ラナと仲直りして丸くなったのかな。

「ふ、謝りたいとはいい心がけです！」

「まぁ、ラナに免じて許してあげましょうか」

姉さん達の偉そうな態度はいつも通りのことだとして、思ったよりもそんなに怒ってないようでよかった。

「ありがとうございます。何事もなければ、勇者パーティの皆様も一月後のレイモンド王国の話し合いに参加します。私達よりも早めにこの国を出てしまうとは思いますが、少しの間はシルベスト王国に滞在するのでどうかよろしくお願いします」

また予定の日が近くなったら来ると言って、ラナは帰っていった。それにしてもファルメイアさんが気掛かりだなぁ。

少しはこのシルベスト王国に滞在するようだし、近いうちに会いにいってみようかな。前に、何かあったら話を聞いてくれるって言ってくれたし、大丈夫だよね。

僕なんかが元気付けられるとは思わないけど、単純に心配だからね。それに、前の魔王を倒した話とかも聞いてみたいと思ってたんだ。

＊

「セロル、いる？」

夜、僕は小声でセロルの名前を口にした。

今日からはやっとセロルとの修行だ。ベネベルバを撃退したときのような攻撃ができるようになるかもしれないと思うと、正直ワクワクしてしまう。

「いる」

淡い光と共に空間が少し歪んだかと思うと、スッとセロルが姿を現す。この登場の仕方は何回か見てるけど、未だに驚いてしまう。

「やあセロル、こんばんは！」

「うん、昨日ぶり」

「えっと、いろいろ教えてくれるって話だったけど、まずはどうすればいいかな？」

修行を見てくれるとは言ってたけど、どんなことをするのか、まだそういう話は一切してない。

「まずは私と一つになることに慣れるのが大事。――――――――はい」

そう言いながらセロルは僕に手を差し出した。

握れってことだよね？

「はい、これでいいの？」

セロルが伸ばした手を握る。

握った小さな手からは、人間と同じように温かな体温を感じた。

精霊にも体温というものがあるんだ、などと考えてると、握った手がどんどん熱くなってきた。

もう火傷するんじゃないかと、堪らず手を離そうとした瞬間、セロルが姿を消した。手の熱は若干残ってるものの、すぐに元の体温に戻った。

「あれ、セロル？」

『これで憑依完了。どう？』

頭の中に響くセロルの声。

「なんかこの前のときと、感覚が違うような気がするんだけど」

ゼル王国で憑依状態の説明を軽くしてもらったけど、そのときは手を握ったりなんてしなかったし、体の中に違和感のようなものを感じる。

『この前は私が一方的にラゼルに憑依した。今回は同意の元、憑依した。こっちのほうが安定する』

なるほど。だとすると、手を握るのは同意の証的なものなのかな。まぁ違和感っていっても、嫌な感じはしないし問題ないかな。

「えーと、まずは何をすればいいのかな？」

『いつも通りやればいい』

「え？」

『この憑依状態は酷くエネルギーを消費する。まずはこの状態に慣れることが大事。だからこの状態でいつも通りのことをやる。まずはそこから』

なんかもっと特殊なのを想像していたけど、やることはとりあえずは同じか。

――――よしっ！

「フッ、フッ、フンッ！！！」

セロルとの修行初日ということもあり、僕はいつも以上に気合いを入れて剣を振った。剣を振りながらも、いつも違う変化がないか注意していたけど、特に変わった感じはしない。剣速が上がったわけでもないし、力が溢れてくるといったこともない。ベネベルバとの戦闘時のような光の渦が出せそうな気配もない。本当にいつも通りだ。

『今日はここまで』

「え、でもまだ始めたばっかりだよ？」

セロルが終わりの合図を告げたのは、いつもの五分の一くらいしかやってない時だった。いわば丁度体が温まってきた頃合いだ。

『すぐわかる』

その言葉が頭の中で聞こえた直後、セロルは再び僕の前に姿を現した。

それと同時に、とてつもない倦怠感が僕を襲った。

「うわ、なんだこれ……体が重いし、ダルい」

これがエネルギーを消費するってことなのか。

「大丈夫、眠れば楽になるはず。当面はこれの繰り返しになる。何回もやってればそのうち体が順応してくるはずだから。じゃあ、また明日」

「あ、うん、よろしくね」

僕がそう最後まで言いきる前には、もうセロルはスッと消えていた。重い体をなんとか動かして、僕は自室へと戻った。

この倦怠感、下手したらロネルフィさんにツボを押してもらった翌朝と同じくらい辛いかも。

＊

それから数日は、夜はセロルと修行して、昼間はまったり過ごすといった、比較的緩やかな時が流れていった。セロルが言った通り、倦怠感は一晩眠るとだいぶマシになっていた。

なにか重大な事件が起きるといったこともなく、とても平和的だ。

イブキはあれからもちょくちょく家に遊びに来るようになって、依頼が終わる度にリファネル姉さんに現状を報告しにきていた。その都度軽くあしらわれていたけど……なんでも、たった数日でCランクまで上がったとか。セゴルさんも依頼が片付いて喜んでるだろうね。

僕は僕で、何度かファルメイアさんの所に行こうとはしたんだけど、如何せんファルメイアさんがいるのは王城。中々行く勇気が出ない現状だった。

それでもそろそろ本気で行こうとは思ってる。モタモタしてたら勇者パーティの皆は一足先にレイモンド王国に行っちゃうみたいだし。

僕達もレイモンド王国に行く予定ではあるけど、いろんな国の偉い人が来るであろう場所で、気安く話しかけるわけにもいかないだろうし。

＊

「ラゼル様、いらっしゃいますか？」

日が沈みそろそろ夕飯にしようかと準備をしていると、ラナの声と共にドアが叩かれた。

「どうしたの、ラナ？　んっ!?　ハナさん！！？」

玄関を開けると、そこにはラナがいて、隣にはバツが悪そうな感じのハナさんもいた。

「実はお姉ちゃ、いえ、お姉様がこれまでのことを謝りたいらしいのですが、一人では気まずいというので私と一緒にきたんです。ご夕食はまだですか？」

「あ、うん。これから準備しようかなと思ってたとこだけど」

「まぁ！　それはいいタイミングです！　――――ほら、お姉様」

「ちょっと、わ、わかってるから、押さないでよ！」

「ふふ、ダメですよ！　ほらほら」

ハナさんがラナに背中を押されて前に出てきた。手には包装紙に綺麗に包まれた、大きな物を持っている。

「こ、この前は、その、いろいろ、悪かったわよ。反省してるわ。これ、お詫びになるかわからないけど、皆で食べて」

そう言って、ハナさんが持っていた包みを僕に手渡してきた。それはずっしりとしていて、結構重かった。

「僕はもう全然気にしてないですよ！　それよりラナと仲直りできたみたいで良かったです！」

仲直りしたとは聞いていたけど、あれ以来二人が一緒にいるのを見るのは初めてだ。

「ま、まぁね！　ラナがあまりにしつこいから、仕方なく仲直りしてあげたのよ！」

「へぇ～、仕方なくなんですか～？　私、悲しいです」

「え、ちょ、こ、言葉のあやってやつよ、わかるでしょ、もう！」

「うふふ、そういうことにしといてあげます」

このやりとりを見る限り、想像以上に仲良くやってるみたいで安心したよ。ラナもすごく嬉しそうにしてるし、本当によかった。

「えーと、ちなみにこの包みにはなにが入ってるの？　だいぶ重いけど」

「それはお肉です！　お姉ちゃ、お姉様が奮発して、高価なのを買ったんです。良ければ皆さんで召し上がってください」

照れずにお姉ちゃんって呼べばいいのに。

「もうラゼル！　そんな長話してないで、早く戻ってきてください！　――――む、貴女は」

「ゲッ……」

僕が中々戻らないのを心配して見にきたリファネル姉さんと、ハナさんの目があった。この二人は特にいろいろあったからね。てか普通に戦ってたし。

「またやられにきたんですか？」

「違うよ姉さん！　ハナさんはこの前のお詫びにきてくれたんだよ。ほら、こんな高いお肉までもらったんだ」

僕は必死にお肉をリファネル姉さんに見せた。

いろいろあったけど、こうして謝りにきてくれたんだし、仲良くしてほしい。

「ほら、お姉様！」

ラナがハナさんの背中をつつく。

「こ、この前は私が悪かったわよ……貴女に負けて、ラナにも話を聞いて、いろいろ考えを改めたわ。ごめんなさい」

頭を下げるハナさん。本当にこの前とは別人みたいだ。

「まぁ、ラゼルが許したなら私はどうこう言うつもりはありません」

「でも勘違いしないでちょうだい！！！　この前は負けたけど、次は負けない！　いつか、必ず貴女にリベンジするんだから！」

しおらしい態度から一変、ハナさんはリファネル姉さんを指差し、再戦を宣言した。

せっかくの謝罪が台無しに感じなくもないけど、これはこれでハナさんらしいのかもしれない。

「ふふ、いつでもかかってくるといいです。私が負けるなんてあり得ませんがね」

「い、今に見てなさい！」

二人の間にバチバチと火花が散って見えるよ……

「そうだ、良かったらラナとハナさんも一緒に夕御飯食べてってよ！　せっかくいいお肉を貰ったんだし、皆で食べようよ」

「まぁ！　いいんですか？　嬉しいです！　ね、お姉様？」

「わ、私は別に、」

「おや？　嫌なら別に来なくても結構ですよ？」

「い、行くわよ！」

こうして急遽、ラナとハナさんと一緒にご飯を食べることになった。王女様のラナが高価って言うぐらいだし、お肉が楽しみだ！

＊

「だからぁ～、貴方はラナのことが好きなんれしょおっ！？？　ならこれから私のことはハナ義姉さんって呼んでもいいわ」

「なにを言ってるんですかッ！　ラゼルの姉はこの私、ただ一人です！　そう簡単に増えては堪ったものではありませんッ！！！」

皆での夕食はとても賑やかで楽しかったんだけど、せっかくだからとお酒を呑み始めたあたりから流れが変わった。

「ちょっとぉ、貴方、聞いてるの～？　ふぅ～」

「こらっ！　ラゼルに酒臭い息を吹き掛けるんじゃありません！」

見ての通り、ハナさんはお酒を飲んじゃ駄目な人種だった。まだ二、三杯しか呑んでないのにこの有り様だもん。

リファネル姉さんの言うことなんて聞いちゃいない。

最初のあの刺々しい雰囲気のハナさんはどこにいったのやら……

「んもぅ、ラゼルは可愛いわね～、よしよし、お姉さんがチュウしてあげるわね！　んちゅー」

「わわっ、ちょっ、やめてってば！」

僕は酔った勢いで唇を近付けてくるレイフェルト姉の顔を必死で遠ざけた。

ハナさんだけならまだ良かったんだけど、レイフェルト姉までこれだもんね……困ったもんだよ。

唯一の救いは、リファネル姉さんがお酒に強いってことだけだ。

ハナさんとレイフェルト姉は、完全にお酒に呑まれてしまってる。

ラナはというと、間違えてお酒をひとくち呑んでしまって、テーブルに突っ伏してしまったので、この前までロネルフィさんが寝ていた部屋まで運んだ。今はぐっすり眠っている。

お酒に弱い家系なのかもね。

ラナは既に夢の中だし、このままいくとハナさんも家で泊まっていくことになりそうだ。それは別に構わないんだけど、王女様二人が朝帰りなんて、世間体的にどうなんだろうか。

変な噂が立たないといいけど。

＊

「昨夜は本当にすみません！　私、途中からなにも覚えてなくて……なにか失礼なことしませんでしたか？」

翌朝、ラナが僕達に頭を下げてきた。

間違えてひとくち呑んだだけなのに、まだ顔が少し赤い。

「全然大丈夫だよ！　まさかひとくち呑んだだけで寝ちゃうとは思わなかったけどね」

「お恥ずかしい話ですが、以前にも間違えてお酒を呑んでしまったことがありまして、そのときもすぐに眠ってしまったんです。お姉様もこの感じだと呑みすぎたみたいですね……」

ハナさんは昨夜のお酒が抜けてないみたいで、ラナに肩を貸してもらってかろうじて立っている。

二日酔いってやつだね。

もう少しゆっくりしていけばって言ったんだけど、お父さんが心配してるだろうから早く帰りたいみたいだ。

今は馬車に乗る前の、軽い挨拶中だ。

「まったく、だらしないわねぇ」

レイフェルト姉はハナさんの何倍も呑んでたはずなのに、起きたときにはケロッとしていた。

二日酔いしてるのをそんなに見たことないし、お酒が残りにくい体質なんだろうね。

「ちょっとお願いなんだけどさ、僕もラナについていってもいいかな？」

「え？　それは構いませんが、なにか用事でもあるんですか？」

「実はファルメイアさんに会いに行こうかと思ってたんだけど、中々一人で王城に行く勇気がでなくてさ」

ラナと一緒なら王城にも行きやすいし、この機会を逃す手はない。

「じゃあ一緒に帰りましょうか。ファルメイア様もきっと喜びますよ」

ラナに許可をもらって、僕達は馬車に乗せてもらうことに。

この馬車は昨夜ラナ達が乗ってきたやつなんだけど、一晩中待ってたみたいだ。

ラナとハナさんが酔いつぶれてしまったので、一度帰って大丈夫ですって伝えたんだけど、これが仕事なので待ってますの一点張りだった。

なんでも代々ラナの家に仕えてる専門の御者さんらしい。

「全員乗りましたので出してください」

「畏まりました」

ラナが御者さんに指示して、馬車はゆっくりと王城に向かって動き出した。

*

「おぉ～、ラナよ！　もう朝帰りをするような歳になってしまったか……父は悲しいぞ……」

王城についてすぐ、ラナのお父さんが血相を変えて姿を現した。

「あ、朝帰りなんて、そんなことするわけないです！　ほら、お姉様からも説明をお願いします！」

「……うぷ、おぇ～、き、気持ち悪いわ……早くベッドに運んで……」

ラナはハナさんを無理矢理引っ張るも、二日酔いで使い物にならない状態だ。ここは僕が説明したほうがよさそうだ。

「あ、あの～、ラナとハナさんは昨日僕達と夕御飯を一緒に食べて、その際ハナさんが少し呑み過ぎて動けなくなってしまいまして。一晩家で休んでたんです」

うん、こんなもんかな。一応ラナが間違えてお酒を呑んじゃったことは伏せておこう。

「おお、お主達だったか。ゼル王国への応援や、魔族襲撃の件では本当に世話になったな」

「ほら、お父様！　これで信じてもらえましたか？　私とお姉様はラゼル様の家で少しお世話になっていただけなんです！」

「うむ、この者達なら信用できる。ラゼル君だったな。今回は大っぴらに祝うことはできんが、感謝している。ゼル王国の報酬は近いうちにギルドに預けておくから、必要な時に引き出してくれ」

「ありがとうございます」

これにプラスして、ルシアナがSランクの依頼を達成すると考えると、僕達、ちょっとした小金持ちなんじゃないかな。

「お父様、今日ラゼル様達はファルメイア様に会いに来てくれたんですよ」

早速ラナが王様に、僕達がここに来た理由を説明してくれた。

「おお、それは助かる。戻ってきてからどうも元気がなくてな。ファルメイア様があの感じだと、私まで調子が狂ってしまう。できることなら、どうか元気付けてやってくれ」

王様にそう言われて、僕達はファルメイアさんの部屋に案内された。

ラナは一緒だけど、ハナさんは二日酔いが酷いらしく自室へと戻っていった。

*

「ファルメイア様？　ラナです。ラゼル様達が会いに来てくださったんですけど、入ってもいいですか？」

「ああ、構わないぞ」

ラナが部屋のドアを軽く叩くとすぐに返事があったので、僕達は中に入っていく。

「お久しぶりです、ファルメイアさん」

部屋に入ると、椅子にちょこんと腰掛けるファルメイアさんの姿がすぐ視界に入った。

「おお、久しぶりだな。待ってろ、今ナタ茶を淹れてやる。そこら辺に座っておれ」

ファルメイアさんは椅子から立ち上がると、奥の部屋に行ってから、またすぐに戻ってきた。

この前もそうだったけど、相変わらずお茶を用意するのが早すぎる。

「それで、今日は妾になにか用でもあるのか？」

ナタ茶をテーブルに並べながら、ファルメイアさんが聞いてきた。

「いえ、特に用があるわけじゃないんですけど。ファルメイアさんが元気がないって聞いたんで、心配で会いにきたんです」

「ふ、そうか……平静を装ってるつもりだったが、バレていたか。情けない」

ファルメイアさんは小さく首を横に振りながら、自嘲めいた笑いを浮かべた。

やっぱりなにかあったっぽいけど、これを聞いていいのかどうか悩んでしまう。

「だいぶ元気無さげだけど、なにがあったのよ？」

そんなとき、レイフェルト姉がナタ茶を啜りながら、平然と疑問をぶつけた。

レイフェルト姉は相手が落ち込んだ雰囲気だろうと、こういうのを平気で聞ける人だから、場面によっては助かる。

まぁ、悪い言い方をするのならデリカシーがないともいうけど。

「いや、妾のことはもう大丈夫だ。これは人に話したところでどうこうなるものでもないし、ある程度気持ちの整理もできたからな。それよりも、ヘリオスのほうが重症だ」

ファルメイアさんは自分のことは話さず、ヘリオスさんへと話題を移した。

「ヘリオスさんも元気ないって聞いてたんですけど、なにがあったんですか？」

「まぁ、聖剣や自らの実力に苦悩してるのだろうな。ここに来てからというもの、一度も部屋から出てこないのだ」

もうすぐ対魔族のことで大きな話し合いがあるのに、勇者であるヘリオスさんがこんな状態で大丈夫なんだろうか。

「それに加え、今度レイモンド王国にて開かれる会合に出なければならないからな。あいつも会いたくないやつがいるのさ」

「会いたくない人、ですか？」

レイモンド王国はヘリオスさんとヒリエルさんの母国らしいし、王様にいろいろ小言でも言われるのかな？　それか、別れた彼女でもいたりしてね。

「あいつの祖国レイモンド王国には、勇者候補という、勇者になるべく育成され、辛い試練を乗り越えた人間が三人いるんだ」

「……じゃあヘリオスさんは、その三人のうちの一人ってことですか？」

「いや、違う。あいつはただの一般人だったよ。勇者候補に名前すら上がらないくらいの、ごく普通の一般人だった」

どういうことだろう、話が読めてこないな。

ちゃんと訓練を受けた勇者候補の人達がいるのにも拘わらず、なんでヘリオスさんが勇者をやってるんだろう。

「そんな優秀な候補が三人もいるのに、何故あんなのが勇者をやってるんですか？　レイモンド王国は馬鹿なのでしょうか？」

言い方はちょっとあれだけど、リファネル姉さんが気になってることを聞いてくれた。本当に姉さん達って相手が落ち込んでようと、関係なくズバズバこういうことを聞けちゃうからすごいと思う……。

「理由は単純で、あいつが聖剣に選ばれたからだ。今まで他の三人が触れてもなんの反応も示さなかった聖剣が、あいつが触れたとき、一瞬だけだが本来の輝きを取り戻したんだ。それを目の当たりにした王が、あいつを勇者に任命したわけだ」

「ふむ、なるほど。それじゃあ残りの三人は、当然面白くありませんね」

「その通りだ。勇者候補の試練は熾烈を極める壮絶なもの。元々は多数の勇者候補がいたが、最後まで残ったのはこの三人だけだ。諦めた者もいれば、命を落とした者もいる。その屍を乗り越えてきた猛者達が、ポッと出の一般人に勇者の座を奪われたのだからな。あいつらもせめて、三人の中の誰かが選ばれれば文句もなかっただろうに……」

なんだろう……僕の想像を軽く上回る重い話だ。なにが別れた彼女だよ。能天気なことを考えてた自分が急に恥ずかしくなってきた……

「ヘリオスさんはその人達に会いたくないから、元気がないってことですか？」

「それが大きいだろうな。多少功績でもあれば良かったんだが、倒したと思った魔族の幹部も生きておったし。なによりヘリオスは、あの三人に敵視されてる。一度暗殺されかけたことがあるくらいにはな」

同じ国の仲間内で暗殺って……ヘリオスさんもヘリオスさんで、相当苦労してるんだね。

「でも、ヘリオスさんだって勇者として頑張ってきたんですし、簡単にやられたりはしないですよね？」

姉さん達には簡単にやられたけど、あれはだいぶ油断もしてただろうし、なにより姉さん達が強すぎるだけだ。

「いや、残念ながらヘリオスはあの三人の足元にも及ばないだろう。あいつらは勇者候補というだけあって、並外れた力を持ってるからな。この前はなんとか阻止したが、正直いつ寝首をかかれてもおかしくはない」

「でも、そんなことしたら王様だって黙ってないんじゃないですか？　任命したのは王様なんですよね？」

「それがそうとも言い切れないのだ。あいつらはそれぞれが、王国の要ともいえる王国守護軍の大隊長でな。民と部下の信頼も厚い。それに有力な貴族とも根深く繋がっている。王といえども、簡単にやつらをどうこうできない状況だ。下手したら謀反すら起きかねない」

レイモンド王国規模の大国で謀反なんて起きたら大変だ。弱ったところを敵対国につつかれる、なんてことにもなりかねない。

王様に威厳がないわけじゃないんだろうけど、こうなってくると難しい問題だろうね。

「なんていうか……結構大変なことになってるんですね……」

「まぁ話はしたが、お前達が気にすることはないさ。だが、一応レイモンド王国に行った際には警戒だけはしておいてくれ。あそこは表向きはきらびやかなイメージが強いが、裏の闇は深い」

こんな話を聞かされたら嫌でも警戒しちゃうよ……

話し合いの場に出席するだけの軽い気持ちだったけど、これは気を引き締める必要がありそうだ。

「勇者候補なんかどうでもいいですが、なにか仕掛けてきたなら、斬り伏せればいいだけの簡単なお話ですね」

「でも貴女がそこまでいう勇者候補の強さっていうのも気になるわね。ちょっと遊んでみようかしら」

姉さん達はいつも通りか……レイフェルト姉はなにか物騒なことといってるし。

でもファルメイアさんが並外れた力なんて表現を使うってことは、実力は相当なものなんだろうね。

「お前達ならば遅れをとるといったことはないだろうが、くれぐれも気をつけてくれ」

なんかレイモンド王国に行くのが怖くなってきちゃったよ……

「ありがとうございます、気をつけるようにしますね」

「うむ」

「それと話は変わるんですが、魔族のことでちょっと気になったことがあって、質問してもいいですか？」

「なんなりと聞くがいい」

僕はゼル王国で起こったことをファルメイアさんに説明したあとで、気になってたことを質問した。

初代勇者が倒した魔王はどんな姿だったのかとか、魔族が急に姿を消す原理とか。

「まずは魔族が急に姿を消すという話だが、それは十中八九転移石によるものだな。ディーメンという希少な魔物の魔石を加工した石だ」

「ディーメン……そんな名前の魔物初めて聞きました」

「魔族の棲むマモン大陸にしかいない魔物だからな。転移石には妾達も苦労させられた」

「対策はないんですか？」

この前みたいに、追い詰めても逃げられたんじゃ意味がない。また時間をおいて襲撃されるだけだ。

リバーズルに関して言えば、転移石がなければルシアナの魔術で倒せてたかもしれないのに。

「魔族が転移石を使う前に仕留めるくらいしかないが、転移石というのは魔族の間でも希少なものらしくてな。そう易々と乱用できる代物ではない。恐らく数に限りがあるのだろう」

長い時を生きてるだけあって、ファルメイアさんは本当に物知りだなぁ。

「次に魔王の容姿だが……結論から言うと勇者が倒した魔王に決まった姿はなかった。戦況に応じて、魔物のような異形にもなるし、人間のようにもなったな」

勇者パーティの物語上でも、魔王の姿は多種多様って語られてたし、ちゃんと事実に基づいて書かれてたのか。

ベネベルバもドラゴンに姿を変えてたし、魔族って反則的だよね。

「だが、魔王を魔王だと示す証は存在するぞ」

「そんなものがあるんですね。その証っていったいどんなものなんですか？」

人間の王様みたいに王冠を被ってるわけじゃないだろうし、全然見当もつかないな。

「それは魔剣だ。勇者が聖剣を使うように、魔王は本気になると魔剣を出す」

魔剣か、確か姉さん達が戦ってた魔族も真っ黒な剣を使ってたっけ。

もしかして、あれが魔剣だったのか？　だとしたらあれは本当に魔王だったってことじゃないか。

「……ちなみに、その魔剣ってどんな剣なんですか？」

「異次元の狭間より現れる、漆黒の剣だ。魔力の増強、身体能力の強化、傷の再生。とにかくなんでもありになる、恐ろしい剣だ」

う～ん、これは確定かな。あの剣を出してから急に手強くなったって、ルシアナも言ってたし、腕もくっついたし……。

「じゃあやっぱりあれが魔王だったってわけね！　どうりで中々骨があると思ったわ」

「わけのわからない所から漆黒の剣も取り出してましたし、あの屈強さ。納得ですね」

「むっ！？？　お前達、魔剣を見たのか？」

姉さん達の言葉にファルメイアさんが目を見開いて僕を見てきたので、僕はそっと頷いた。

「いやはや……ゼル王国にて、魔王を名乗る魔族が現れたとは聞いていたが、まさか魔剣まで使わせていたとは…………しかし、これで本物の魔王ということがほぼ確実になったか」

これについてはあまり驚きはなかった。

姉さん達三人を相手にしてなお、倒しきれなかったんだから。逆に魔王でよかったとすら思ってしまっている。

あいつよりもまだ強いのがいるとは思いたくないからね。

「こやつらはともかくとして。ラゼル、よくぞ無事に戻ったな」

ファルメイアさんは立ち上がって、僕の頭をポンポンと撫でてくれた。

「────むっ！？？」

「えーと、ファルメイアさん？　どうかしましたか？」

「…………いや、そんなはずは……」

何故か僕の頭に手を置いたまま、ファルメイアさんは固まってしまった。話しかけたけど、声は届いてなさそうだ。

ファルメイアさんに撫でられるのは嫌いじゃないけど、そろそろ姉さん達がなにか言ってきそうな雰囲気を感じるから、手をどかしてほしいな。

「────ファルメイアさん？」

今度は少し大きい声で呼んでみた。

「あ、ああ、悪かったな、ラゼルの髪の感触が昔飼ってた犬に似ててな。すまなかった」

なんだろう……ファルメイアさん、なにかを誤魔化したような。

気のせいかな？

＊

「私の可愛いラゼルを犬畜生なんかと一緒にするなんて、失礼しちゃいますっ！！！　ラゼルの髪はもっとふわふわしてて、いい匂いなんですっ！」

犬畜生って……言い方………

「まぁまぁ、落ち着いてよ」

僕の頭に鼻をグリグリ押し付けるリファネル姉さん。鼻息が荒いからくすぐったい。今は王城からの帰り道だ。

最後までファルメイアさんが元気ない理由はわからなかったけど、本人は大丈夫って言ってたし、僕達がこれ以上踏み込むことはできない。

「それにしてもあのエルフ、最後様子が変じゃなかったかしら？」

「あ、やっぱりレイフェルト姉もそう思う？　なんか変だったよね」

「ええ、ラゼルの頭を撫でてるとき、すごく驚いたような、困惑したような表情をしてたわよ」

僕のほうからは表情まではわからなかったけど、なにをそんなに驚いてたんだろうか。

「ふふ、そんなのは決まってます！」

「え？　なにか気づいたの、リファネル姉さん？」

「答えは簡単ですよ。ファルメイアもあの瞬間、ラゼルの可愛さに気づいてしまったのでしょう！！！！」

いや、そんな自信満々に絶対間違ってるであろう答えを聞かされても……

それよりファルメイアさんを呼び捨てっていうのもどうなんだろうか……

いや、名前で呼んでる辺りレイフェルト姉よりはマシなのかな？

「そんなわけないでしょ…………それより勇者候補の物騒な話を聞いちゃったけど、レイモンド王国では何事もないといいね」

僕はリファネル姉さんの的外れな答えにガッカリしつつ、勇者候補の話を振ってみた。

「ラゼルはなにも心配しないで大丈夫ですよ！　なにかしてきたらお姉ちゃんが斬り殺しますからね！！」

「わかってないわねぇリファネル。殺したら問題になるでしょ？　せめて半殺しにするべきだわ」

どっちにしても大問題だけどね……

＊

「なぜラゼルから、あの気配が……」

ラゼル達が帰ったあと、王城の一室でファルメイアは一人悩んでいた。

「気のせい、というにはあまりにも濃い気配であった……」

かつて勇者の聖剣に宿っていた聖なるものの気配、それがなぜかラゼルに触れたとき、強く感じた。

「以前会ったときはなにも感じなかったはず……いったいこの長くない期間になにがあったというのか……聖剣はヘリオスを選んだのではないのか？」

ただでさえ頭の中がごちゃごちゃしてるというのに、またも悩みの種が増えてしまった。

ファルメイアはこめかみに指を当てて、静かに目を瞑った。

＊

夜になりいつも通り庭に出ると、既にセロルが待っていた。いつもは僕が呼んでから姿を現すから、これは珍しいことだ。

「や、やあセロル、今日は早いね……」

僕は探り探りセロルに声をかけた。

「……」

セロルは無言のまま僕を見つめて……いや、睨んでる。

表情の変化が読み取りにくいセロルではあるけど、今回はわかりやすく怒ってる。

「ごめんねセロル、昨日はちょっとバタバタしててさ……」

そう、僕は昨日セロルとの修行をすっぽかしてしまったのだ。

もちろんわざとじゃなくて、酔っ払ったレイフェルト姉やハナさんの介抱をしてたら、気づいたら寝ちゃってたんだよね。

「ラゼルが約束破った……少し悲しい」

ジッと、恨めしそうに僕を見つめるセロル。

夜の誰もいないこの庭で僕のことを待ってたのかと思うと、本当に申し訳ない気持ちでいっぱいだ。

「本当にごめんね！　次からは絶対に来るからさ、だから修行は続けてもらえると嬉しいな」

「別に修行をやめたりなんかしない」

よかった、せっかく憑依状態の倦怠感にも慣れてきたところなのに、機嫌を損ねてもう教えないなんて言われちゃったらどうしようかと思ったよ。

「ありがとう。あ、そうだ！　セロルはなにか僕にしてほしいこととかない？」

「してほしい、こと？」

セロルは首を僅かに傾けた。

「うん。セロルには助けてもらったり、こうして修行に付き合ってもらったり、お世話になってばかりだからさ。なんでもいってよ」

お菓子でも持ってこようと思ったけど、セロルは精霊らしいし、人間と同じ食べ物を食べるのかもわからない。実際セロルがなにかを口にしてるとこも見たことないし。

「……じゃあ、抱き締めてほしい」

「んっ！？？」

夜の庭に二人きり、周囲が騒がしいといったこともないので、聞き間違いではないはず。

思いもよらない返事がきたものだ。

「嫌ならいい」

「ま、まって、全然嫌じゃないから！」

セロルが残念そうな顔をした気がして、断る気にはなれなかった。言い出したのは僕だし。

「は、はい、これでいい？」

僕はセロルを軽く抱き締めた。ルシアナや姉さん達に日頃抱きつかれているし、セロルはルシアナと同じような体型なので、別に緊張はしないんだけど……

「――――もういいかな？」

「大丈夫」

どれくらいセロルを抱き締めてただろうか？　なにも言わないから、やめ時がわからなくて困った。

「でもなんで抱き締めてなんて言ってきたの？」

姉さん達のように僕に好意をもってるわけではないだろうし、意図がわからない。

「ラゼルは毎日抱きつかれてるから、どんな感じか気になった」

あ〜そういうことか、どうやってるかはわからないけど、セロルは僕達をずっと見てたって言ってたもんね。

「それでどうだった？」

なにかわかったんだろうか。

「とても、温かかった」

俯き加減にそう言ったセロルだけど、僕には少し笑ってるようにも見えた。なんにせよ、機嫌が直ってよかった。

「そっか、じゃあ今日もよろしくね」

「任せて」

僕が差し出した手を握り、セロルが僕の中に入っていく。

『憑依完了』

頭に響く単調な声を聞いて、憑依状態になったのを確認した僕は剣を振り始めるのだった。

第三章

「ん～ん～、ん！？？」

　翌朝、耳に生ぬるい空気を感じて目を覚ました。

「ふぅ～、ふぅ～、ふぅ～！」

　レイフェルト姉がイタズラでもしてるのかと、眠気眼で横を見るとそこには、

「ルシアナっ！！？　帰ってきたんだね！」

　なんとルシアナが一心不乱に僕の耳に息を吹き掛けてる最中だった。

「お兄様ぁ！　会いたかったですわ！！！」

「僕もだよ！　心配したんだよ！」

　普段ならば気になることも、今はルシアナが無事に帰ってきた喜びでどうでもよくなっていた。

　僕は抱きついてきたルシアナを優しく迎えた。

「一日で帰ってくるつもりだったんですが、意外と手こずりまして！　でも見てください、この通りたんまりとお金を稼いできました！！！」

「こ、こんなにっ！？？」

　ルシアナに言われて見てみると、僕の部屋の隅っこに、無造作に大量のお金が置かれていた。

「お兄様のために頑張りましたの！」

いくらくらいあるんだろうか……

でもそうか、僕達が受けたドラゴン討伐のSランク依頼で家を買える目処が立つんだもんね。

いくら他の冒険者との共同依頼とはいえ、それなりの金額にもなるか。

「依頼内容見たけど、大丈夫だった？　海の魔物もいたんでしょ？　海に落ちたりしなかった？」

見た感じ怪我とかはしてなさそうだから、ひとまずは安心したけど。

「全然大丈夫ですわ、お兄様！　一度海に引きずり込まれそうになりましたけど、逆に釣り上げて陸にぶん投げてやりました！」

キングオクトパスってセゴルさんがいうには、ドラゴンを海に引きずり込むくらいの巨体って聞いたけど……さすがルシアナだね。

「とにかく無事でよかったよ。ちょっと顔洗ってくるから、戻ったら詳しく聞かせてよ」

「もちろんですわ！　お兄様に話したいことがたくさんありますの！」

僕はルシアナにSランクの魔物がどんなだったとか、話を聞くのを楽しみにしながら顔を洗いに起きた。

ちなみに、ルシアナは当然のように一緒についてきた。改めてルシアナが帰ってきたって実感できたよ。

＊

「それでですね、結構な人数が集まってたんですが、私以外はみんな海に引きずり込まれましたの！　だらしない限りですわ！」

話したいことがたくさんあるといってた通り、さっきからルシアナは上機嫌に喋り続けている。

……僕の膝の上で。

最初は僕の足の怪我を気にしてたっぽいけど、あまりに座りたそうにしてるから、もう完治したって教えてあげたとたんに飛び乗ってきた。

今はキングオクトパス討伐時の話を聞いてるところだ。

「で、ルシアナは海に引きずり込まれた皆を助けてあげたの？」

「放っておいてもよかったんですが、あまりにわちゃわちゃと海で叫ぶので助けてあげましたわ！」

「そっか」

「偉いですか？」

「うん、偉い偉い」

ルシアナのアホ毛が撫でてといわんばかりにブンブン揺れるので、期待にこたえて頭を撫でた。

仮にルシアナが海に落ちた人達を助けなかったと言っても、僕はルシアナを軽蔑したりはしなかった。

冒険者はそれぞれ、自らが死ぬ可能性だって承知の上で依頼を受けてるはずだし、全ては自己責任だ。

助けられる余裕があるならそりゃ助けてあげるにこしたことはないけど。その隙をつかれて、自分まで危なくなったら元も子もないからね。

「それではタコの話は終わりにして、次にいきましょう！」

「次っていうと、エンペラーオーガだね！　どんな敵だったの？」

セゴルさんも若い頃とはいえ、死を覚悟したって言ってたくらいだし気になる。どんな魔物なんだろうか。

「一言でいうなら、剣士でした」

「剣を使うってこと？」

魔物なのに剣士？　僕の倒したハイオーガは武器とかは持ってなくて、普通に拳で殴りかかってきたけど。

「本物の剣ではなかったですけど、動物の骨を研いだものを使ってましたの！　そこらで売られてる剣よりも鋭利でしたわ」

魔物が剣を研ぐって……Ｓランクにもなると知能が高かったりするのかな。

「剣の腕前も中々のものでしたわ。今回の依頼ではこいつが一番手強かったかもですね」

「剣を使うなら姉さん達のほうが相性よかったかもね。どうやって倒したの？」

「燃やしたり凍らしたりしたんですけど、どれも決め手にならなかったので、最終的には踏み潰しました！」

ルシアナの魔術に耐えるなんて、Ｓランクの魔物はやっぱり一筋縄じゃいかないんだね。

「ルシアナはすごいね、僕はＳランクの魔物なんて一生倒せる気がしないよ」

「そんなことありませんわ！　お兄様なら余裕で倒せます！」

うーん、ルシアナの気持ちは嬉しいけど、奇跡でも起きない限り無理かなぁ……

「ありがとね。そういえば、こっちもルシアナがいない間にいろいろあったんだよ」

「是非聞かせてください！」

ルシアナにハナさんが謝りにきてくれたり、ファルメイアさんに話を聞きにいったり、今度レイモンド王国で開かれる話し合いの場に呼ばれたことを話した。

「それから――」

丁度イブキのことを話そうとしたときだった。

「――――リファネル殿ッ！！！！」

タイミングよく、イブキが家に入ってきた。

「およ、ラゼル殿、おはようございます！！！」

「おはよう、イブキ。もう少し声は抑えてね」

何回言っても、イブキの声は相変わらずデカイ。これはもう注意しても直らないのかもしれない……

まぁ元気なのはいいことだけど。

「お、お兄様！　な、なんですかこの子ウサギみたいなのはッ！！！」

ルシアナがイブキに負けないくらいの声量で叫んだ。

しかも子ウサギって、ロネルフィさんと同じこと言ってるし。

「むむッ！？？　ラゼル殿、その膝の上に座ってる小さな生き物はいったい？？？」

こっちもこっちで、散々な言い様だし。

「紹介するよ。この子はルシアナ、僕の妹だよ」

「なっ、ということはリファネル殿の妹ぎみということですか！？？」

「まぁ、そういうことになるね」

「お兄様、この子ウサギはいったい誰なんですかっ！？？」

「この子は、」

「待ってくださいラゼル殿！！！　自分で自己紹介します！」

イブキが僕の言葉を遮る。リファネル姉さんの妹だから、自分でちゃんと挨拶したいんだろうね。

「えー、こほん！　では改めて。拙者の名はイブキ・アルスタット！　剣の国ブフルキより参った！　リファネル殿の一番弟子です！！！　――――以後お見知りおき、を、ヲぼぉオォッツ！？？？」

「朝からうるさいです。それに弟子にした覚えもありません」

女の子が出しちゃいけないような声と共に、イブキが目にも止まらぬ速さで遠ざかっていく。

起きてきたリファネル姉さんに蹴られて………

「おはようリファネル姉さん。あ、レイフェルト姉も」

「朝からうるさいわねぇ、まったく！」

「おはようございます、ラゼル！　今日もいい天気ですね！」

まだ眠そうなレイフェルト姉と、イブキを蹴り飛ばしたことなど微塵も感じさせない、爽やかなリファネル姉さん。

朝からあんな大きな声聞いたら、嫌でも目が覚めちゃうよね。

「イブキ……結構な勢いで飛んでいったけど大丈夫なの？」

「ふふ、大丈夫です。ちゃんと手加減してますよ」

とか言っておしとやかそうに笑ってるけど……手加減してるとはいえ、心配になる威力なんだよなぁ。

「あら？　なんかいつもより多いと思ったらルシアナがいるじゃない。帰ってきたのね」

レイフェルト姉が僕の膝の上に座るルシアナに気づいた。

「おや、本当ですね。もう少しゆっくりしてきてもよかったんですよ？　その分ラゼルといる時間が増えますし」

続いてリファネル姉さんも気づいた。

ちょっとくらい無事に帰ってきたことを喜んでもいいのに、二人ともやけに冷めた反応だ……

裏を返せば、それだけルシアナの実力を信用してるってことなのかもだけど。

「ルシアナは依頼ですごい大金を稼いできてくれたんだよ。もう少し優しい言葉をかけようよ」

「あぁ～ん、お兄様のその言葉だけで充分です！　逆にお姉様達に優しくされても気味が悪いですし！」

僕に抱きつく手に力がこもる。今日くらいはいいかな。無事に帰ってきてくれたし。

「はは、よしよし」

たまにならこうして甘えてくれても可愛いもんなんだけどなぁ。

「――――む！？？　この感じは…………」

「どうかしたのルシアナ？」

僕に抱きついて深呼吸までし始めたルシアナが、ピタリと動きを止めた。

「お兄様からセロルの気配を強く感じますの……」

気配といえば、ロネルフィさんもセロルの気配を感じてたっぽいし、わかる人にはわかるのかな。

でもどうしようか、セロルに修行に付き合ってもらってるのは秘密にするようなことじゃないけど、ルシアナが騒ぐと面倒なことになるかもしれない。

ルシアナはセロルに結構厳しいから。

「そ、そう？　気のせいじゃないかな？」

「あら、嘘はよくないわよラゼル。最近は毎日遅くまでルシアナの使い魔となんかやってるじゃないの！」

レイフェルト姉にも気づかれてたのか。まぁ隠してるわけじゃないから構わないけど。むしろ黙って見守っててくれたことに、感謝したいくらいだよ。

「…………お兄様？　なんで嘘をついたんですの？」

どうしよう、ルシアナが急に怖くなったよ……。

さっきまであんなにも可愛かったのに、今は一瞬にして目が濁りかけてるし。

「いや、ほらルシアナはセロルにちょっと厳しいところがあるからさ、僕と一緒にいたら怒るかなって思って。セロルには僕からお願いして修行に付き合ってもらってるから、できれば怒らないでほしいな」

「……それはつまり、私よりセロルが大事ということですか？」

目が本当に怖い……。

「そんなことないよ。ルシアナもセロルも姉さん達も、みんな大事な人だよ。そういうのは比べるもんじゃないよルシアナ。ね？」

平和的に解決するため、それっぽいことを口にしながらルシアナの頭を優しく愛を込めて撫でる。

アホ毛を人差し指でクルクル触ったり、撫でる力に緩急をつけたりして、丁寧に撫でた。

「むぅ……わかりましたわ。ただし、今日の夜は私もついていきます」

「ついてくるって、僕とセロルの修行に？　全然面白くもなんともないと思うけど」

憑依状態になって、ひたすら動いて剣を振ってるだけだから、見てても絶対退屈だ。

「いいんです、私はお兄様と一緒にいるだけで幸せなんですから！」

「ならいいけど」

「じゃあ決定です！　あ、忘れてました、お兄様にお土産を持ってきましたの！」

そう言ってルシアナは羽織ってるローブのポケットに手を入れて、なにやらごそごそと探り始めた。

「ありました！　これです！！！」

ルシアナから手渡されたのは親指くらいの大きさの、赤い石だった。首にかけられるように先端にヒモが通してある。

「わ、なにこれ!?　綺麗な石だね」

「それはキングオクトパスの魔石を加工したものらしいです。滅多に手に入らないらしいので、無理を言って持って帰ってきましたの！」

「そんな貴重なもの貰っていいの？　女の子なんだし、ルシアナのほうが似合うんじゃない？」

「私はいいんです！　それよりも早速首にかけてみてください」

「────どうかな？」

せっかくのルシアナの好意だし、僕は貰った魔石を首にかけてみた。

「まぁ！　お似合いですわ、お兄様！　ですが、この魔石はただオシャレなだけじゃないんですの！　────見ててください！」

ルシアナは僕から少し距離をとって、なにをするのかと思えば、魔術で拳大の氷を造りだし僕に躊躇なく放った。

「わわッ！？？　ちょ、ルシア、ナ────ってあれ？」

わけのわからないことが起きた。ルシアナはたしかに僕に向けて魔術を放った。だけど、それは僕が身につけたばかりの魔石に当たった瞬間、吸い込まれるように消えてしまったのだ。

「ふふふ、実はこのキングオクトパスの魔石は少し特殊らしくてですね。魔術の源、魔力を吸収してしまうんです！」

「すごいよルシアナ！　こんなのがあるなんて」

昨日ファルメイアさんに聞いたディーメンという魔物の魔石も特殊で、加工すると転移石というものになるといっていた。

これもそれと一緒で特殊な魔石なんだろうか。

普段僕達の生活で使うような魔石は、簡単にいえばただの魔力が籠った石だ。

人間が触れることで、その体に流れる魔力に反応して水やお湯がでたり、光が灯ったりするように加工してある。

こんな風に魔力を吸収したり、遠くに一瞬で転移したり、僕がまだ知らないだけで、もしかしたら他にも特殊な魔石って存在したりするのかな。

「お気に召したようでなによりですわ！　お兄様が喜んでくれると、私まで幸せな気持ちになりますから！！！」

「ありがとう、大事にするよ！」

これが大量にあったら魔術師も困るんじゃ、とも一瞬考えたけど、海に棲むSランクの魔物キングオクトパスの魔石なんて、そう簡単に手に入る物じゃないだろうし、なにより吸収できる魔力にも限度があるはずだよね。

「ルシアナぁ〜、私とリファネルにはなにもないの？」

僕の首にぶら下がった魔石を羨ましそうに見るレイフェルト姉。一応女性だし、こういうの好きなのかな。

「お姉様達は魔石で吸収するより、斬ったほうが早いでしょうに」

「あ、それもそうね」

納得しちゃったよ。

というか姉さん達の反射神経なら斬らなくても簡単に避けちゃいそうだ。

「――――リ、リファネル殿！　毎回毎回酷いです、蹴り飛ばすなんて」

魔石のことですっかり忘れてた頃、イブキが戻ってきた。

意外とケロッとしてる辺り、さすがリファネル姉さんに才能を認められただけはある。

「貴女が毎朝毎朝バカみたいにデカイ声で騒ぐからです」

蹴るのはやり過ぎだけど、これに関してはリファネル姉さんが正しい。

「で、結局この子ウサギは何者なんですか？　本当にリファネル姉様の弟子なんですか？」

「正確にはリファネル姉さんに弟子にしてもらいたくて、今頑張ってるところかな。Sランクの冒険者になれたら弟子にしてあげるんだってさ」

「そうだったんですの。まぁ、せいぜい頑張ることですね子ウサギ！」

「な、さっきから子ウサギ子ウサギと！　いくらリファネル殿の妹ぎみといえど、あまり拙者を侮辱すると許さないぞッ！！！　だいたいそっちだって私と変わらないくらい小さいではないか！　拙者が子ウサギならお前は子リスだぁッ！！！！」

おお、ルシアナに言い返した。しかし子リスとは、またずいぶんと微妙なとこにいったね。

「…………お兄様、この子ウサギ丸焼きにしてもよろしいですか？」

子リスが堪えたのか、ルシアナも苛ついちゃってるし。

「ふ、望むところです！　リファネル殿の妹だからと、調子に乗らないでもらいたい！」

あー完全に戦う流れになってるよ……

イブキは剣の柄に手をおいてるし、ルシアナは今にも魔術をぶっ放しそうなくらいプルプルしてるし。

「はいはい、どうでもいいけど、ここじゃなくてどっか遠くでやってちょうだいね。家を壊したりしたら、二人ともバラバラに斬り刻むから」

レイフェルト姉がイブキとルシアナの背中を押して、自然と外へ追いやった。

「一度この子ウサギに、現実の厳しさというのを教えてあげますわ！」

「望むところです！　それと子ウサギって言うな、子リス！！！」

バチバチと闘争心をむき出しにしながら、二人は家から離れていった。

「これで少しの間は静かになるわね」

「あの二人、止めなくて大丈夫なの？」

「大丈夫よ、ルシアナだって本気でやったりしないわよ。多分」

多分って……イブキが強いのはわかるけど、ルシアナが本気になったら大変だよ。

「そうですよラゼル！　それに簡単に敗北すれば、自分を見つめ直し、私への弟子入りを諦めるかもしれません！　ぜひルシアナには頑張ってほしいものです」

それはリファネル姉さんがイブキの弟子入りを断りたいだけでしょ。

まぁでも、早速争い事にはなっちゃったけど、こういう騒がしさもルシアナがいてこそかな。

＊

「こら、セロル！　私の許可なくお兄様と接触しないでください！！」

「ラゼルといるのに、ルシアナの許可はいらない」

「きぃ！　私の使い魔のくせにっ！」

「だから、私はルシアナの使い魔じゃない」

朝も言ってた通り、この日の夜は本当にルシアナがセロルと僕の修行についてきた。というか、早速言い合いを始めてるし……

「ほらルシアナ、そこまでにして。修行が進まないから」

止めないといつまでも続きそうだ。

「うぅ、お兄様はセロルの味方なんですのっ！？？」

「どっちの味方でもないよ。でも今は僕がセロルにお願いしていろいろ教えてもらってるんだ。だから今日はとりあえず見ててよ。ね？」

「……お兄様がそこまで言うなら、わかりました。今日はおとなしく見学してます」

「ありがとう」

こうして、庭の隅っこでちょこんと座るルシアナの視線をひしひしと感じながら、僕とセロルはいつも通りの修行を開始した。

ちなみに今朝のイブキとの決闘は、案の定ルシアナの勝ちだったらしい。

ボロボロのイブキが「ふ、さすがはリファネル殿の妹ぎみ！　ルシアナ、お前を私のライバルと認める！！！」って大声で宣言してた。

*

『今日はここまで』

「うん、今日もありがとうねセロル」

いつも通り、ある程度時間が経過するとセロルが終了の合図を出した。

一番最初の頃から比べると、だいぶ憑依状態で動けるようになってきた。

「さっきまで姿を消してましたが、なにをしてたんです？」

修行が終わり、ルシアナがこっちにきてセロルを問い詰めた。

「あれは憑依といって、ラゼルとひとつになってた」

「なっ、なんですかそれはっ！！？　お兄様とひとつになってたですって？　私の許可なくなにを勝手なことをしてるんですかっ！」

さっきからルシアナは、僕の保護者かなんかのつもりなんだろうか……

「ちょ、落ちついてよ！　多分ルシアナが思ってるようなことじゃないから！」

このままじゃルシアナがセロルをどうにかしそうな勢いだったので、僕はベネベルバとの戦闘時に助けられた話をした。

「なるほど、それはお兄様に害はないんでしょうね、セロル？」

「問題ない。むしろ強くなれるはず」

「本当かどうか怪しいですね。なによりお兄様の中に入ってるというのが羨ま……気に入らないですっ！！！」

「でもラゼルも強くなるのを望んでる。ルシアナはラゼルが好きなら黙って見てるべき」

「ぐぬぬ……そう言われると言い返せませんが……」

「私はもう帰る」

「あ、まだ話は終わってませんよセロル！」

ルシアナの制止もむなしく、セロルは消えてしまった。

＊

「まったく、セロルにも困ったものです。私のお兄様ですのに！　そうですよね、お兄様？」

いや、僕に同意を求められても……

お風呂で軽く汗を流したあと、ルシアナはなぜか自分の部屋に戻らず僕の部屋に居座っていた。

「そろそろ僕は寝るよ。ルシアナも長旅で疲れたでしょ？　眠いんじゃない？」

「そうですね、ではそろそろ寝ましょうか」

「ちょっと待った！！！」

僕の部屋で衣服をスルスルと脱いでいくルシアナ。

パンツにまで手をかけたので、僕は慌ててルシアナを止めた。

「どうしましたの、お兄様？」

「いや、どうしたもなにも、なんで僕の部屋で下着を脱ごうとしてるのかなって」

「お兄様の言い付け通り、外では下着をつけるようにしましたの！　偉いですか？」

外出時でも平気でノーブラノーパンツだったルシアナが下着を着けるようになったのは、兄としては安心するところではあるけど。今僕が聞いてるのはそこじゃないんだよね。

「うん偉いよ。だけど僕が聞きたいのはね、なんで今、僕の部屋で裸になろうとしてるのかってことなんだけど」

「しばらくお兄様と会えなくて寂しかったので、今日は久しぶりに一緒に寝ようと思いまして！　さ、寝ましょう！」

「わ、わかったから、せめて服を着なって」

「うふ、もう脱いじゃいましたわ！　――――えい」

ルシアナの全裸のタックルを受けた僕はベッドへと倒れ込んだ。もうどうにでもなれだ。

僕はルシアナの説得は諦めて、このまま寝ることを選んだ。こういうのは今に始まったことじゃないしね。

＊

「……う～ん、ん～」

どれくらい寝ただろうか、多分もう朝だとは思うんだけど、やけに暑くて寝苦しい。そして懐かしい匂いと、柔らかいなにかに包まれてるような感覚。

目を開けて確認するまでもなく、今の自分の状況が手に取るようにわかるよ……

昨日はたしかにルシアナと一緒に寝た。けど、この柔らかな感触は、ルシアナには備わってないものだ。

それはつまり、なにを意味するかというと。

「…………やっぱりね」

意を決してベッドから起き上がると、やっぱり僕の予想通りの結果が待ってた。

「ん～、もう朝かしら？」

「んむぅ～、お姉ちゃんはまだ眠いです……」

なんでルシアナだけじゃなく、レイフェルト姉とリファネル姉さんまで僕のベッドで寝てるんだろうか……

はぁ……ここ最近は足を怪我してるって名目上、二人とも自分の部屋で寝てたっていうのに。

まぁその怪我が治ってることも、姉さん達にはお見通しだったわけだけど。むしろ、今日まで
でよく自分の部屋で寝てくれてたって思うべきなのかな。

でも一回こうなっちゃうと、これからは毎日一緒に寝ることになっちゃうから困るんだよね
……

「二人とも、いつの間に僕のベッドに忍び込んだのさ……」

「だって私達はラゼルが足の怪我が治ってないっていうから我慢してたのに、ルシアナとは寝るなんて不公平だわ！」

「いや、昨日はルシアナが一人で依頼を受けて寂しかったっていうから、仕方なくだよ。今日からはみんな自分の部屋で寝てね！　僕はもう起きるから」

生温かな肢体をかき分けて、僕はベッドから出た。

今日は足の怪我が治って少し経つし、リハビリがてらギルドで簡単な依頼でも受けようかな。ロネルフィさんに剣の振り方を見てもらってからなんか調子いいし、魔物を相手に試してみたいと思ってたところなんだよね。

ギルドの受付の人にCランクの依頼でも見繕ってもらおう。もれなく姉さん達もついてくるだろうけど、どのみちルシアナが稼いできてくれた大量のお金もギルドに預けたいし丁度いいかな。

＊

「ラゼル、危ないです！！！」

僕に向かって走ってきたオーガが、リファネル姉さんの斬撃によって立てに真っ二つに斬り裂かれた。

予定通り、僕は姉さん達とお金をギルドに預けにいって、そのまま依頼を受けた。依頼内容は正直なんでもよかったから、この前と同様オーガの討伐依頼にした。

以前僕が一人で倒したのは結局ハイオーガだったから、普通のオーガは未だに見たことがなかった。

「はぁ、リファネル姉さん……僕にもちょっとは戦わせてよ」

オーガに遭遇すること、かれこれ五回目。

毎回僕が戦う前に、リファネル姉さんが倒してしまう。

ちなみにいうと、オーガはハイオーガと酷似していて、違いといえば大きさと動きがやや鈍いくらいだった。

推奨ランクもCだし、これなら僕のいい相手になると思ったんだけど。

「あん、またやってしまいました！　ラゼルに向かってくる敵を見るとつい……」

「そんなこと言って、もうこれで五回目だよ？」

姉さん達にはついてくる条件として、僕にある程度戦わせてって言ったんだけどなぁ。レイフェルト姉とルシアナはまだ我慢してくれてるんだけど、リファネル姉さんは全然駄目だ……前に僕がハイオーガを倒してるところは、ルシアナの使い魔を通して見てるはずなんだけど。

「もう仕方ないなぁ……次は戦わせてね」

「……自信はありませんが、善処します！」

う〜ん、微妙な返事だなぁ……

これはもしかすると、今日は戦えないいんじゃないか？　そんな考えすら浮かび始めたときだった。

「リファネル姉さん？」

「……わかってます」

六体目のオーガに遭遇した。

「リファネル姉さんが手を出さないように見ててよレイフェルト姉」

「はいは～い、わかったわ」

もうすぐ日も落ち始める頃だ。この機会を逃したら今日はもう、オーガを発見できるかわからない。

僕はレイフェルト姉にもお願いしておくことに。

「ルシアナもお願いね」

「でも、私もリファネルお姉様と同じ気持ちですの！　お兄様に向かってくる魔物が許せませんわ」

「……もしお願いを聞いてくれたら、今度美味しい餡蜜屋さんにつれていってあげるよ？」

「まぁ！　デートですね？　それなら任せてください、全力でお姉様を止めます！」

よし、これで打てる手は全部打った。

あとは戦うだけだ。

「ちょっとラゼル、私も餡蜜食べたいわ！　ルシアナだけずるいわよ？」

「レイフェルト姉もちゃんとつれていくから、今は戦いに集中させてって！」

こっちは姉さん達と違って、Cランクのオーガが相手でも油断すると命にかかわるんだから。

「ガァァアアアアアアッ！！！！」

オーガが雄叫びを上げながら突進してくる。

ここ最近、レベルの高い戦闘ばかり見てきたからか、やけに動きが遅く感じる。それに魔族やドラゴンの圧に比べると、全然恐くない。

「ここ、だぁッ！！！」

僕はオーガの拳を危なげもなく躱して、スキだらけの胴体に剣を振り抜いた。

ロネルフィさんにいろいろ教わって初めての実戦、僕の剣はなんの抵抗も感じることなくオーガを両断した。

意外にもあっけなく、オーガは魔石へと変わった。

よし！　修行の成果が出てるのか、少しずつではあるけど着実に強くなってる気がするぞ。

「ありがとう姉さん、黙って見ててくれ、て！？？」

「は、離しなさい、レイフェルト、ルシアナっ！！！」

後ろを振り返ると、レイフェルト姉がリファネル姉さんを羽交い締めにして、ルシアナは足に抱きついて振り回されていた。

やっぱりまた手を出そうとしてたんだね……。

頼んでおいて正解だったよ。

＊

「貴女も見てたでしょ？　ラゼルだって強くなってるんだから、あんまり過保護はよくないわよ？」

「私は別にラゼルが弱いと言ってるわけではありません！　ただ心配なだけです」

帰り道、レイフェルト姉がリファネル姉さんにこんなことを言ってくれた。

僕にとってはレイフェルト姉も過保護ではあるけど、三人の中じゃ一番マシかもしれない。

大丈夫そうな魔物なら、心配しながらも戦わせてくれるし。

リファネル姉さんは僕に近づく敵は、有無を言わさず斬ろうとするからね。

「まぁ、私とルシアナはラゼルと餡蜜食べてくるから、貴女はお留守番でもしてなさい！」

「な、私も行くに決まってるではないですか！　なにを言ってるんですか」

「駄目よ、貴女はラゼルがせっかくやる気になってるのに、五回も手出ししたじゃない！　ルシアナも我慢してたのに」

「いいえ、それとこれとは話が別です！　ラゼルが行くならお姉ちゃんも行く、当たり前のことです！」

この感じだとみんなで行くことになりそうだ。

まぁ僕は最初からそのつもりだったけど。でもどうせならイブキとかラナも誘ってあげようかな。美味しいものはみんなで共有しないとね。

「私はお兄様と二人きりがいいです」

「まぁまぁ、今度またどこか出掛けようよ」

僕は歩きながら寄りかかってきたルシアナを宥める。

「今度こそ二人きりですよ？」

「うん、わかったよ」

今日はオーガと一回戦っただけだけど、実戦内容としては満足いくものだった。明日も依頼を受けようかな。

レイモンド王国に行くまでの間は特に予定はないし、向こうで揉め事に巻き込まれる可能性も、この前の話を聞く限り若干上がった気がする。

今は自分を鍛えることに専念しようかな。

少し目標を上げて、最終的にはAランクの魔物を一人で倒せるくらい強くなれたらなとは思ってる。

すぐには無理だろうけど、いつかきっと。

そうなれば姉さん達と同じAランクパーティにいても、多少は自信を持てる気がするし。

＊

「今夜もよろしくね、セロル」

「うん。あと、ルシアナ……痛い」

今日もセロルとの修行にルシアナがついてきた。今はセロルの頬を引っ張ってる。

「お兄様に怪我とかさせたら、承知しませんからね！」

「わかってる。だから頬を引っ張るのをやめてほしい」

「ルシアナ、その辺にしてよ。修行を始めるからさ」

僕はセロルからルシアナを引き離し、遠くに座らせた。

「ラゼルもだいぶ憑依状態に慣れた。修行を次の段階に進める」

「本当？　次の段階ってなにをするの？」

「簡単に説明すると、憑依状態は私の力とラゼルの魔力が合わさった状態。次の段階ではその力を把握する。そして最終的にはそれを外に放つ」

「その外に放った力が、ベネベルバを吹き飛ばしたあの光の渦って認識で合ってる？」

「正解。とりあえずいつもと同じく憑依状態になる」

セロルは小さく頷いて、僕の手を握った。

『まずは体の中に流れる力の流れを掴むこと。私も補助するから、それを感じ取って』

「やってみるよ」

僕は早速目を瞑り、集中してみた。

『今どこに力が集まってるかわかる？』

うーん、微妙に右手が熱いようなふわふわした感じがするけど、どうだろう。

「右手かな？」

『正解。次は？』

これも同じく右足がぞわぞわして熱いような気がする。

「……えーと、右足かな？」

『正解。しばらくはこの力の流れを完璧に把握すること。それが次の課題』

力の流れか。セロルが補助してくれてるからだろうか、なんとなくはわかるけど、集中していないとすぐ見失いそうだ。

その後も何回かセロルからの質問は続いたけど、なぜか途中でまったく力を感じられなくなってしまった。

セロル曰く、慣れるまではかなりの集中力が必要とのこと。

何回もやってるうちに、僕の集中力が切れてしまったようだ。だから残りの時間はいつも通り剣を振って終わりになった。

これも憑依状態のときのように慣れるといいけど……

とりあえずは集中を切らさないように頑張るしかないか。

＊

「お兄様、今日はなにをやっていたんですか？」

セロルが帰ったあと、こっちに走ってきたルシアナに抱きつかれながら質問された。

見てる側からしたら、僕が一人でぶつぶつ喋ってる風にしか見えないよね。

「僕も詳しくはわかってないんだけど、体に流れる力を感じるとかなんとからしいよ。集中してなんとかわかるって感じかなぁ」

「そうでしたか、お兄様の体のあちこちに魔力がいったりきたりしてるから、何事かと思いましたわ！」

「え、ルシアナはわかるの？」

「はい！　私は集中すれば魔力の流れがわかりますので。つまりいつもお兄様のことを集中して見てるってことに繋がりますね！」

魔術を使えない普通の人間にも魔力は流れてるっていうのは常識だけど、ルシアナぐらいの魔術師になると、僕みたいな魔力が少ないであろう人間の魔力の動きまでわかるのか。

「それって魔術師はみんなわかるものなの？」

「魔術師なら、自分の体の魔力の流れは絶対にわかるはずですよ。他人の体の魔力の流れまでは、相当なレベルの魔術師でないと難しいと思いますが」

「やっぱりルシアナはすごいんだね！」

「うふふ、お兄様にそう言われると嬉しいですわ！」

「ついでにもうひとつ聞きたいんだけど、魔術師じゃない人も身体強化だっけ？　魔力を体に巡らせることができるってことは知ってるんだけど、そういう人達もみんな自分の魔力の流れを完全に把握してるのかな？」

知識としては知ってるけど、僕自身それができなかったからそこまで詳しくはわからないんだよね。

「なんとなくやってる人もいれば、完璧に把握してる人もいます。ただ、お姉様達レベルになると、自身の魔力の流れは細かく把握できてると思われます。そういう人達は、必要なときに必要な魔力を一ヶ所に集めたりできるので手強い人が多い印象です」

姉さん達は硬い鱗を持つはずのドラゴンを簡単に斬ったりしてたけど、ああいうときは意図して腕に魔力を集めたりしてたんだろうか。

「まぁとどのつまり、魔力は誰にでも流れてはいますが、全ての人がそれを感じ取れるわけではありません。強い人でもわからない人は大勢います。まぁそういう人でも、大抵は無意識に魔力を使ってはいますが」

じゃあ僕も必死になって戦ってるときとかは、無意識に魔力を巡らせて多少は身体強化された状態だったのかな。

「その魔力を外に出して具現化できるのが魔術師なんだよね？」

「そうですね。まぁ、魔力を体の外に出すことはできても、それを形にできない惜しい人も中にはいるみたいですがね」

あれ、それってまるっきりラナのことじゃないか。

ラナは魔力の放出しかできないって、前に聞いたことがある。

「そういう人達が魔術を使えるようになる可能性ってあるのかな？」

「どうでしょうか、私は生まれたときから魔術を使えたのでなんとも言えません。ただ、魔力を外に出せるということはあと一歩なので、十分素質はあると思いますけど。なんでそんなことを聞くんですの？」

「いや、そういえばラナが魔力を放出することは出来るって言ってたのを思い出してさ。小さい頃に諦めたとも言ってたけど」

「そうですか、今後の鍛え方次第では可能性はありますね。本人にやる気があればですけど」

やる気かぁ、今さらラナも魔術師になろうだなんて思ってないだろうし、関係ない話かな。

ってていうか王女様だし、そんな暇もないよね。

「ちなみにルシアナが教えたら、ラナは魔術を使えるようになると思う？」

「私は自分でいうのもなんですが、魔術には自信があるので、魔力を外に放出できる者なら、多少は使えるようになると思いますわ。といっても、私はお兄様の近くにいたいので、そんな暇はありませんけど！」

一応ラナに、今度それとなく話してあげようかな。

幼い頃とはいえ、一度は魔術を学んでたわけだし、軽くでも使えるようになったら嬉しいんじゃないかな。

それに僕は、ルシアナとラナがもっと友達みたいに仲良くなってくれたらなって思ってる。

今でも結構仲良くなってきた気はするんだけど、魔術を通して二人の距離がもっと縮まってほしい。

今はレイモンド王国のことで忙しいだろうから、それが落ち着いたら聞いてみよう。

＊

それから数日間は昼にみんなで依頼を受けて、夜はセロルと修行の日が続いた。ルシアナはセロルにちょいちょい毒を吐きながらも、毎日僕の修行を座って見ていた。依頼に関してはゴブリンとオーガの討伐ばっかりだった。キャニオ森林って結構な大きさなんだけど、普通の冒険者が日帰りで行けるような距離にはこの二種の魔物がほとんどを占めてるらしい。

僕がハイオーガを見つけたときは、奥に奥にと進んでったから、意外と深いところまで気づかずに行ってたんだろうね。

この数日で僕の戦いぶりを見てなのかはわからないけど、リファネル姉さんもオーガとゴブリンに関しては戦闘に手出ししなくなった。

攻撃がかすりそうなときとかは大声で叫んでくるけどね。夜は夜で、体内の力の動きを把握するのにも慣れてきた。

この力の流れ、ルシアナには魔力に映るみたいだけど、セロルが言うには似てるけど正確には違うものらしい。

僕の魔力とセロルの力が混ざりあった、魔力に近い別のなにかで、名前はないとかなんとか。

その証拠に、セロルと憑依状態じゃないときに自分の魔力の流れを把握しようと試みたけど全然わからなかった。

セロルの力が混ざって、初めて僕でも感知できるようだ。

＊

「力の流れを把握することに慣れてきた。修行を次の段階に進める。これが最後の段階」

そこまで集中しないでも力の流れを把握できるようになってきて、僕もそろそろ次の段階かなと思ってた、そんな夜だった。

「最終段階ってことは、この力を外に放つんだよね？」

「そう」

「つまり、ベネベルバを撃退したときみたいなのを出すってことだよね…………僕にできるかな」

最終段階って聞いたときにある程度わかっていたけど、いざあの攻撃を出すとなると緊張する。

なにせ、魔族の幹部を吹き飛ばすような攻撃だもん。

「すぐにはできない。最終とはいったけど、ここからが長い。前までの修行はこれのための準備に過ぎない」

「……頑張るよ」

修行はここからが本番ってことか。

「それじゃ説明する」

僕はワクワク五割、緊張五割くらいの面持ちで、セロルの説明を聞いた。

セロルの説明内容は意外にも単純で、体内に流れる力を自分で外に出すように動かし、解き放つというものだった。

これって説明だけ聞くとやってることは魔術と同じだけど、実際のとこどうなんだろう？

「じゃあいくよ――――つだぁ！！！！」

僕は空に向けて、思いっきり剣を振った。

もしいきなり成功してしまってあの光の渦が出たら、周囲の家とかが吹き飛んでしまうからだ。

『失敗』

「……うん、見ればわかるよ」

それは見事なまでの空振りだった。

もしかしたら成功してしまうかもとか考えていただけに、恥ずかしさも倍増した気がする。

ていうか、力の流れを把握することはできたけど、それを自分で動かすなんて……

一応やってはみたけど、全然動かなかった。

『もう一回』

「――――フンッ！！！」

『もう一回』

「――やぁッ！！！」

『もう一回』

「――とぉッ！！！」

『もう一回』

――こんな感じで、僕はひたすら力を動かすイメージをしながら剣を振り続けた。

＊

「も、もう今日は無理、かも……」

僕は力尽きてその場に寝転んだ。

憑依状態で集中して、なおかつ一回一回本気で剣を振ってるため、体力の消耗が半端じゃない。

「じゃあ今日はここまで」

いつの間にか憑依状態を解除したセロルが、寝転んだ僕の横に立っていた。

「こらっ！　お兄様にあまり無理をさせるんじゃありませんっ！！！」

セロルが姿を現したのを見た瞬間、ルシアナが猛スピードでこっちに駆け寄ってきた。

「大丈夫、負傷したわけじゃない。疲れて倒れてるだけ、問題ない」

「倒れるまでしごかないでくださいッ！」

ルシアナは僕を心配して言ってくれてるんだろうけど、これは僕が自分の意思でやってることなので、毎回頬を引っ張られるセロルには申し訳ない気持ちでいっぱいだ。

「そこまでにしてよルシアナ、セロルが可哀想でしょ。それよりお風呂にお湯を入れてきてくれないかな？」

意識を別のほうに向けるため、普段なら自分でやるようなどうでもいいお願いをしながらルシアナを止めた。

「まぁ！！！　わかりましたわ！　すぐに用意してきますので、お兄様も早くお風呂に来てくださいねっ！」

ルシアナは上機嫌で家に戻っていく。

なんか僕が一緒に入るって勘違いしてそうな気配だったけど、大丈夫かな…………

「ごめんねセロル。毎回毎回ルシアナが…………」

僕はルシアナに引っ張られうっすらと赤くなったセロルの頬に、軽く手で触れながら謝った。

「問題ない。以前にも言ったけど、ルシアナの理不尽さには慣れっこ」

「そっか、でも嫌だったら言ってね」

「わかった。――――ラゼル、そろそろ帰るから」

「ん!?　ああ、ごめんごめん！」

僕は無意識にずっとセロルの頬を擦っていたようだ。これじゃ帰れないよね。

けどセロルの頬はもちもちしていて、傷ひとつなくすべすべで、触り心地が最高だった。

「ラゼルの手、温かい」

最後に僕の手を握ってから、セロルは帰っていった。

「さてと、僕も帰ろうかな」

僕が疲れた体で家に入るとそこには、

「お兄様！　今お湯を入れてる最中ですの！　ささ、早くきてください。お湯が貯まるまで洗いっこですの！！！」

ルシアナが僕を待っていた。全裸で。

はぁ……でも今回は勘違いしそうな言い方をした僕も悪いかな。まぁ勘違いしてないときでも、お風呂に乱入してくることは多いけどね。

なので今日は仕方なく、渋々ルシアナとお風呂に入った。なにより、抵抗する体力がなかったっていうのが大きい。洗いっこはさすがに回避したけどね。

＊

それから更に数日が経過した。

僕の日常に大きな変化はなく、昼は依頼、夜は修行に明け暮れていた。

変わったことといえば、イブキがもうちょっとでＢランク冒険者になれるとか。

ニコニコしながら報告にきて、リファネル姉さんがすごく渋い顔をしてたのが面白かった。

修行のほうはというと、

「────だぁッ！！！」

『失敗』

「お兄様すごいですっ！！！」

「────ふんッッ！！！」

『駄目』

「もう少しですよっ！！！」

相変わらず上手くいかなくて、僕の剣はただただ虚しく、夜の空を斬るばかりだった。剣を振る度にルシアナの声援と、頭の中で響くセロルの淡々とした声が聞こえてくる。体の中の力をある程度動かせるようにはなってきたけど、全然外に出すことができない。

「はぁ～、今日も駄目だったかぁ………」

修行終わり、僕はなんの成果も出ないことにへこんでいた。

「少しずつ前に進んではいる」

セロルはこう言ってくれるけど、実感はまったくない。

「もうすぐですよお兄様！」

ルシアナに関しては、例えまったく上手くいってなくてもこう言ってくれるだろうし、その言葉に信憑性があるのかどうか。

「う～ん、まったくできる気がしないけど……」

「そんなことありませんわ！　もうすぐ体から魔力が放出されそうな気配はありますのっ！」

「ルシアナの言うとおり」

意外だ。ルシアナがちゃんと僕の魔力を見てそう言ってくれてたなんて。セロルも頷いてくれてるし、このまま地道に頑張るしかないかな。

＊

次の日は久しぶりにラナが家にきた。

レイモンド王国での話し合いのことが詳しく決まったとのこと。

「今朝、勇者パーティの皆様は一足先にレイモンド王国へと向かいました」

「そっか、ファルメイアさんたちもう行っちゃったんだね。ヘリオスさんは大丈夫だった？」

勇者パーティがこの国に滞在中、結局僕は最後までヘリオスさんに会うことはなかった。会ったところで僕は嫌われてるだろうし、どうしようもないんだけどね。それでもあんな話を聞いちゃうと、さすがに心配してしまう。

「出発日の今日まで、ヘリオス様が部屋から出ることはなかったです。ですが、お姉様や仲間の皆様がいるので大丈夫だと思います」

あの後もずっと部屋に閉じこもってたのか……

これは結構精神的に参ってるっぽい。

「それと、今さらではありますがレイモンド王国での話し合いの名前が決まりまして。第一回対魔会合と命名されました」

対魔会合か。シンプルでいいと思う。

第一回ってことは、魔族との争いが終わるまでは二回、三回と開かれるんだろうね。いよいよ人間が魔族との関係を真剣に考え始めたっていう、確固たる意思を感じる。

「私はゼル王国でお兄様を傷つけたあの魔族だけは、絶対に許せませんの！　地獄の苦しみのなか、ドロドロに溶かして土に埋めてやるって決めてるんです！！！」

ルシアナは若干瞳を濁らせつつも、怒りに震えていた。

僕のために怒ってくれるのは嬉しいけど、無理はしないでほしい。

メルガークとかいう魔族もロネルフィさんと戦って無事な時点で、とんでもなく強いのは確定だし、他にもどんなやばい魔族がいるかもわからない。

とにかく敵の実力は未知数だ。

「……依頼から戻ったのですね、ルシアナさん。ご無事でなによりです」

ラナが少し引き気味にルシアナに喋りかけた。

そっか、この二人が顔を合わせるのってゼル王国から帰って来て以来なんだっけ。ルシアナはわりとすぐ依頼に行っちゃったし、ラナはいろいろ忙しそうにしてたもんね。

「ふん、私が魔物ごときにやられるものですか！　私がいない間にお兄様にちょっかいかけてないでしょうね、ラナ！？？」

「ちょ、ちょっかいだなんて、そんなことしてませんよ！」

「本当ですか～？」

なおもルシアナは訝しげにラナを見る。

うーん、ラナは王女様だっていうのに、なぜかいつもルシアナのほうが偉そうなんだよね……。

「あ、そういえばこの前のお肉美味しかったわね！　ラナも家にお泊まりしたし！」

とここで、レイフェルト姉がなにかを閃いたかのように、ニヤリと笑ったあとで、余計なことを言い出した。

「…………お泊まり？　なんですかそれ。お兄様、私は聞いてませんが……？」

ルシアナは僕の顔を、どんよりとした瞳で見上げた。

はぁ……レイフェルト姉が余計なことを言うから……。

一応ルシアナには依頼でいない間に起こったことは話したんだけど、ラナとハナさんが泊まったことまでは話してなかった。

……こうなることがわかってたから。

「あ、言ってなかったっけ？　ラナとハナさんが帰れる状態じゃなかったからさ。そのまま帰すわけにもいかないでしょ？　それだけの話だよ」

「本当ですか？　本当はなにかあったんじゃないですか？　意図して隠していたような気がするんですが……」

う、鋭い。

本当になにもなかったけど、隠していたのは事実。ルシアナのこの目に見つめられると、なぜかタジタジしてしまう。

「本当だよ。リファネル姉さんに聞けばわかるよ、姉さんは酔っぱらってなかったからね。逆にレイフェルト姉はベロンベロンだったから、あまり信じないほうがいいよ」

こうでも言っとかないと、レイフェルト姉が面白がってあることないこと言い出しかねないからね。

「ベロンベロンだなんて酷いわ！　たしかに記憶がおぼろ気ではあるけど、そこまで酔ってないんだから」

……それをベロンベロンって言うんだよ。

でもこの後、リファネル姉さんがちゃんとルシアナに説明してくれたおかげで、大事にはならなかった。

ていうか、ラナはこんな話をしにきたわけじゃないと思うんだけど。

＊

「えーと、話がそれてしまいましたが、ここからが本題です」

こほん、と咳払いしたあとで、ラナは話し始めた。

「レイモンド王国までの道のりは馬車で九日程かかります。なので、皆様には三日後に私と一緒に出発してほしいのです」

最初に一月後に話し合いが開かれるって聞いたときは、まだまだ時間があるなって思ってたけど。レイモンド王国に着くまでの時間を計算に入れてなかったよ。

馬車で九日か、かなり遠いなぁ。

「ラナのお父さん、王様も一緒に行くの？」

「はい、お父様は既に勇者パーティの皆様と一緒に、今朝シルベストを発ちました」

やっぱり王様も行くのか。

対魔会合は重要な話し合いだしね。

「他の国も王様達がくるの？」

「基本的にはそのようですが、どうしても予定が厳しい場合は代わりの者がくるようです。それでもそれなりの立場の人がくるでしょうね。まぁそのような言い訳がまかり通るのは大国だけでしょうけど。シルベストのような小国が代わりの者を出そうものなら、どんな嫌味を言われるか……」

この感じだと、今回僕達のパーティが話し合いに参加しなかったとしたら、そのことでもラナや王様が嫌味を言われたんじゃないかな。

僕にはわからないけど、国同士の付き合いでもいろいろとあるんだね。

*

「嫌味を言うような者は斬ってしまえばいいんです」

ラナが帰ったあと、リファネル姉さんがそんな物騒なことを呟いた。そんなことしたらその国と戦が始まっちゃうよ……

でも姉さん達の場合、本当に一国が相手でも負けないという気持ちでいるんだろうね。実際小国くらいならなんとかなるんじゃないかって、そう思ってしまう自分がいるのがなんとも複雑な気持ちだ。

「まったく、私がいない間に家に泊まるなんて、油断も隙もないですね、ラナときたら！」

ルシアナはまだこんなこと言ってるし……

「それはそうと、勇者パーティが今朝シルベスト王国を発ったって言ってたけど大丈夫かしらね？」

「ん？　それってどういうこと？」

レイフェルト姉が気になることを言ってきた。

「勇者候補だっけ？　そいつらの話よ」

「ああ、心配だよね。魔族だけじゃなく、人間にも敵がいるなんてさ」

そんな単純な話じゃないことはわかるんだけど、仮にも勇者候補だったのなら、もっと協力しあえばいいのに。

勇者の称号ってそんな大事なものなんだろうか。

「あー違う違うそうじゃなくてね、あの勇者命を狙われてるんでしょ？」

「そうみたいだね、物騒な話だよ」

「レイモンド王国内で勇者が死んだら大問題でしょ？　…………私だったら馬車で移動中のところとか、命を狙うには絶好の機会だと思うんだけどね」

……たしかに一理ある。というより本当にそうなるような気しかしなくなってきた。道中なら、魔物に襲われたなり魔族に襲われたなり、言い訳はなんとでもなる。

勇者候補の素性はわからないけど、暗殺を企てるような人達だしそれくらいは平気でやりそうだ。

「それで魔族のせいにでもすれば、対魔会合も魔族に上手い具合に憎しみが向かって盛り上がるんじゃないかしら？」

「……だ、大丈夫かな。対魔会合前に、勇者パーティ壊滅なんてことにならないよね？」

「さぁ、どうかしらねぇ。私は勇者がどうなろうと、知ったこっちゃないし」

「そんな……」

皆が心配なのはもちろんだけど、もしハナさんも暗殺されたりしたら、せっかく仲直りできたラナがあまりに…………

「――――まぁあのエルフもいるし、そんな心配する必要ないかしらね」

え～、いったいどっちなんだよぉ……

「レイフェルト！　ラゼルを不安にさせるようなことを言うんじゃありませんっ！」

「なによ、ちょっとからかっただけじゃないの」

「それをやめろと言ってるのです！」

いつの間にか僕とレイフェルト姉の話から、リファネル姉さんとレイフェルト姉の言い合いに変わってるし……

「……で、結局のところどうなの？　大丈夫かな？」

「まぁ、レイフェルトの言ってることは大げさではありますが、あり得ない話ではないという程度ですよ。もし何かあっても、ファルメイアなら上手く対処するでしょう。だからラゼルはなにも心配することないです」

リファネル姉さんの意見を聞けて、少し不安が和らいだ。レイフェルト姉もからかっただけって言ってるし、心配し過ぎかな。

＊

三日後にレイモンド王国への出発が決まった日の夜、僕はいつもと同じようにセロルと修行を終えたところだった。

「今日も惜しかった」

「いいえ、惜しいどころかあれは成功に近かったです!!」

結論から言うと、今日も僕の修行は微妙だった。

セロルとルシアナはこう言ってくれてるけど、僕自身には惜しいという実感はない。でも魔力の流れを見てるルシアナがここまで言ってくれるってことは、本当に徐々に成長してるのかもしれない。

セロルも駄目なら駄目で、きっぱりと言ってくれるタイプだし。

「今日は駄目だったけど、明日こそ成功させてみせるよ！」

「その意気ですよ、お兄様！！！」

「いつも応援ありがとね、ルシアナ」

僕はルシアナの頭を撫でた。

最初ルシアナが修行についてくるって言い出したときは、正直微妙な気持ちだったけど、こうして応援してくれたり、魔力のことを教えてくれたりと、はっきり言って今じゃかなり助かってる。

強いて言わせてもらうなら、夜なのでもう少し声を小さくしてほしいというくらいだ。まぁイブキに比べたら可愛いもんだけどさ。

「ん？　どうしたのセロル？」

いつもならすぐ帰っちゃうセロルだけど、今日はルシアナをジーっと見たまま固まっている。

「ラゼル、私も撫でてほしい」

「ふ、甘いですねセロル。お兄様は私以外の頭を撫でたりはしません！」

いつからそんな決まりが出来たんだ…………

「はい、これでいいかな？」

僕は左手でルシアナを撫でつつ、右手でセロルの頭を撫でる。妹が二人になったような、不思議な気分だ。

セロルは何百年も生きてる大先輩だけどね。

「そんな……お兄様……」

「ちゃんとルシアナも一緒に撫でてるんだから、そんな顔しないでよ」

不満そうな表情のルシアナを宥めつつ、

「どうセロル？」

セロルに撫でられた感想を聞いてみた。

多分、この前抱き締めてって言ってきたときのように、頭を撫でられて心地良さそうにしてるルシアナを見てどんな感じか気になったんだろう。

「温かい。不思議な気持ちになる」

「いいですかセロル、今日は特別ですよ？　本当はお兄様は私以外の頭を撫でたりしないんですから！」

「ルシアナの許可は必要ない」

「な、な、なんですってっ！　さてはまたやってもらうつもりですね？」

「さぁ」

「きぃっ！　私の使い魔のくせにっ！」

「私は使い魔じゃない」

二人のこの諍いも、もう何回目になるだろうか。

毎回ルシアナが一方的に絡んでるだけだけど。でもセロルもこの口喧嘩をそんなに嫌がってはいないような気がする。

だからすぐには止めないで、ある程度見ちゃうんだよね。

だいたいはルシアナが我慢できなくなって、セロルの頬を引っ張り始めるから、そこでようやく僕が止めに入る。

「あ、そうだセロルに言っておくことがあったんだ」

「なに？」

「実は僕達三日後にはこの国を出て、レイモンド王国に向かわなきゃいけないんだ」

「うん、知ってる」

「だから――――え？　知ってるの？」

「うん、見てたから」

昔から僕達を見てるとはいうけど、どれくらいの頻度で見てるんだろ。ちょっと気になる。

「そっか、じゃあ話は早いね。だからしばらくの間、ここでの修行ができないかもしれないんだよね」

「馬車で移動中も、レイモンド王国についてからも修行はできる」

「それってセロルもついてきてくれるってこと？」

僕としては継続して修行ができるのはありがたいけど、セロルの負担にはならないのか、それだけが心配だ。

「うん。名前を呼んでくれれば姿を見せる」

「それは助かるけど、大丈夫？　無理とかしてない？」

「問題ない。ルシアナの魔力があるから平気」

そうか、セロルがこの世界にいるためには魔力が必要なんだっけ。

「あまり私の魔力を吸いとらないでください、次からは有料にしますよ？」

「私はルシアナの使い魔なんでしょ？　なら問題ないはず」

「な、都合のいいときだけ使い魔になって……まったく、まったくですわっ！」

口喧嘩ではセロルのほうが一枚上手っぽいね。

「ちなみにそれってルシアナの魔力以外じゃ代用できないの？　例えば他の魔術師の人とかさ」

ルシアナほどじゃないにしても、魔力量が多い人はいるはず。そこら辺はどうなんだろうか。

「不可能ではないけど、ルシアナ以外だとすぐに魔力が尽きる」

「へぇ、やっぱりルシアナの魔力量ってすごいんだね」

「すごいというより、異常。私が膨大な魔力を勝手に分けてもらってるけど、気付いてすらいない」

そこまで膨大な魔力が必要とは思ってなかった。

じゃあルシアナがいないと、セロルはこうして僕の前に姿を見せることはできないってことか。

「それじゃこの前、ルシアナが依頼でいなかったときはどうしてたの？　いつも通り僕の修行に付き合ってくれてたけど」

「それは簡単。ルシアナから魔力を分けてもらってから、ラゼルの家に戻ってきてた」

「えーと、あのときのルシアナと僕の場所って、随分距離が離れてたと思うけど、毎日そんな大移動をしてくれてたってこと？」

もしそうなんだとしたら、労いの言葉でも言わないと僕の気がすまない。

「一度精霊界に戻れば距離という概念はなくなる。だから全然大丈夫」

つまりは、ルシアナに魔力を分けてもらってから一度精霊界に戻って、そこから僕の前に現れたってことなのかな。

精霊って下手したら、魔術とか魔族以上になんでもありだね……

ていうより今さらだけど、ルシアナが心配だったならセロルに現状を聞けばよかったんじゃないか。

セロルは毎日ルシアナのところに行ってたわけだし。

「じゃあお言葉に甘えて、この国を出てからも修行をお願いしてもいいかな？」

「まかせて」

「私の魔力でなにを偉そうにしてるんですか！　この魔力泥棒！」

「じゃあラゼル、そろそろ帰る」

「あー！　今私を無視しましたね！？？」

セロルはルシアナを無視したまま、スーっと消えて、精霊界へと帰っていった。今日はなんとなく、セロルとの距離が縮んだような気がした一日だった。

＊

そして、いよいよ出発を明日に控えた日の夜だった。ついに修行に進展が見られた。

――――プスッ……

明日の出発に備え、今日は少し早めに修行を終わりにしようと、最後に一振した時だ。

「で、出た……」

『うん、少しだけ出た』

本当に微かにだけど、剣を振るのと同時に、空気が小さく破裂するような、そんな音を立てたあとで、モヤモヤした光の渦みたいなのがたしかに出た。

それはすぐに消えてしまったし、ゼル王国の時と比べると遥かに小さくて、戦闘で使えるようなものでもなかったけど。

「すごいです、お兄様！！！　今、たしかに外に魔力が出ましたよ！」

ルシアナも喜んでくれてるし、見間違いではないはず。

「よかったぁ……やっと少しだけど成果を実感できたよ」

もうすぐって言ってくれてたルシアナとセロルの言葉を信じてなかったわけじゃないけど、やっぱりこうやって目に見える成果が出ると嬉しくてたまらない。

「あとは修行を継続して、もっと力を外に出せるように頑張る」

憑依状態を解除したセロルが口を開く。

「こら、セロル！　もう少し素直にお兄様の成長を喜びなさい！」

「でも、修行はまだまだこれから」

「それでも今は喜びなさいっ！　前々から思ってましたが、なんなんですかその無表情な顔は！　もっと笑ったりしなさい！」

「落ち着いてよ、ルシアナ！」

今にもセロルに掴み掛かりそうなルシアナを止める。

たしかにセロルは表情がわかりづらいけど、決して無表情ってわけじゃない。よく見ると僅かに表情が変化するし、雰囲気でもわかる。

もう何回も憑依状態になってるから、もしかしたらセロルのそういう雰囲気を僕自身感じやすくなってるのかも。

「ラゼルは笑ったほうがいい？」

ここでなぜか、セロルが僕を見た。

「そうだね、別に今のセロルが駄目とは思わないけど、笑ったら可愛いと思うよ」

何百年も生きてるセロルに可愛いという表現が合ってるかはおいといて、もし外を歩いてたら普通に美少女だもん。きっと笑顔が似合う。

「……そう。頑張ってみる」

う〜ん、笑顔は頑張って作るものでもないんだけどなぁ。ま、きっかけはそれでもいいのかな。嘘でもなんでも笑ってれば、いつかは自然に笑えるようになるかもだし。

「頑張らなくても、笑いたいなら私が無理矢理笑わせてあげますわ！」

そう言ってルシアナはセロルの頬を引っ張ってつり上げ、言葉通り無理矢理笑ってるように見せた。

「ルシアナ、痛い……」

「ふんっ、望み通り笑顔にしてあげてるんです！　感謝しなさい！」

二人のそんなやり取りを見ながら、僕はシルベスト王国での最後の修行を終えた。明日からの修行は馬車の道中と、レイモンド王国についてからだ。

行きだけで九日かかるって話だし、向こうでの滞在期間も考えるとしばらくはこの国に戻ってこれない。

家が恋しくなりそうだ。

エピローグ

「予定通り、各国の重鎮達が続々とこの国に集まって来てます」

ここはレイモンド王国のとある一室。

国王ブライト一番の側近であるアダルマルが、現状を王に報告した。

アダルマルは元レイモンド王国の諜報部隊出身であったが、その優秀さから現在では側近の地位にまで出世した相当の切れ者だ。

「そうか。ラルク王国はどうだ？　結局呼び掛けには応じなかったか？」

「はい、最後までいい返事は聞けなかったです」

「まぁよい。あの国は特殊だからな。いざ魔族との戦が始まったら、来るなといっても姿を見せるだろう」

「しかしいくら個の力に優れてるといっても、こういう時に歩幅を合わせられない者はどうかと思いますがね」

こういう時に王である自分にも思ったことを意見できる、ブライトはアダルマルのそういうところも気に入っていた。

「そう言ってやるな、あの国の連中の力を侮ることはできない。お前もロネルフィは知ってるだろう」

「……ラルクの戦闘狂ですか。当然知ってるに決まってるではないですか」

アダルマルは険しい表情で、左肩を押さえた。

「――――あと一歩で、左腕を肩からバッサリ持ってかれるところでしたからね」

それは過去、アダルマルが諜報部隊で暗躍していた時代の出来事。

彼は諜報部隊の筆頭として、誰よりも活躍していた。

どんな国に侵入しても、ブライトが期待する以上の結果を常に持ち帰っていた。

だが、とある戦場にて情報収集をしていたとき、アダルマルは運悪くロネルフィに遭遇してしまった。

彼も腕には自信があった。だが、その何もかもが彼女には通用しなかった。

かつてはSランクの魔物すら単独で討伐した経験のあるアダルマルだったが、その理不尽なまでの力の差に絶望した。

そして、左肩に激痛が走ったのと同時に、アダルマルは意識を失ってしまった。

意識を失う寸前に彼が聞いたのは、戦場には不似合いな楽しそうな笑い声だった。

「お前が負傷して帰って来たときは、私も驚いたものだ」

「この怪我がなければ、私はまだ諜報部隊で働いてたかったんですがね。この腕ではとてもとても」

アダルマルはそう言いながら左腕を動かす素振りを見せるが、その可動域は狭く、肩より上に手があがらないようだ。

「ふ、私にとってはよかったがな。お前は諜報部隊にしておくには、おしいくらい優秀だったからな」

「もったいないお言葉です」

「それより、話がそれてしまったが、メルギルス達はどうしている？」

ブライトが顎髭を触りながら尋ねる。

「王国守護軍の三人、いや、元勇者候補と言ったほうがいいですかね。メルギルス、ムスファー、モルドネ、三人とも一応監視はしてますが、表立った動きはありませんね」

ブライトが何か思考していたり、不安要素があるときに髭を触る癖が出ることは、アダルマルもよく知っていた。

「監視は続けておけ。何をしでかすかわからん、くれぐれも対魔会合で邪魔に入らないようにな」

「わかりました。監視を強化しておきます」

「ああ、頼む。あいつらは何もかもを恨んでいるからな。悪いことをしたとは思っているが……」

「聖剣に選ばれなかったのでは仕方ないことでは？　それに三人とも王国守護軍の大隊長という、名誉ある地位を与えられています。私からしたら恨むなんて、考えられないですが」

レイモンド王国には、王国守護軍という六つの大きな部隊が存在している。

戦であったり、魔物が現れた際にはこの守護軍が対応することになっていて、民からの信頼も厚い。

大隊長はその部隊を率いる六人のリーダー格のことを指し、それぞれが並外れた力を持つことで有名だ。

王が勇者候補の三人をこの大隊長に任命したのは、彼らの強さもあるが、幼い頃から過酷な試練を課しておいて、結局は勇者に選ぶことができなかったという自責の念もある。

聖剣に選ばれたとはいえ、ヘリオスのような特別な訓練も受けてないような平民がいきなり勇者となったのでは、勇者候補があまりに浮かばれないと、そう考えていた。

「あいつらにとって、勇者になることは全てだったからな。そういう風に教育させたのは私だ。あいつらが何もかもを恨むのを、私はどうしても責めることができないのだ……」

「それはわかりますが、勇者暗殺はやりすぎだと思います。未遂に終わったとはいえ、あれは確実にあの三人の誰かが関わっていますよ。王である貴方の命で事件は大事にはなっていませんがね。王である以上、正しい判断をしてください」

「……ああ、わかっている」

側近にここまで言われても、ブライトは言い返す言葉を持ち合わせていなかった。アダルマルの言ってることは何もかも正しい。勇者暗殺など、大隊長といえど裁かねばならない大きな事件だ。

だが、ブライトはこの事件をなかったことにした。

それは勇者候補に対する償いというわけではなく、国が割れるのを恐れての判断だった。

メルギルス、ムスファー、モルドネ。この三人は黙って裁かれるような人間ではない。もしそのような事態になったなら、死を覚悟でこの国に反乱を起こすだろう。

ブライトはそれをなにより恐れていた。

＊

元勇者候補、それは勇者になれなかった者達の総称。といっても、最後まで残ったのは三人だけ。

彼らは憎んでいた。聖剣に選ばれたというだけで勇者になったヘリオスを。そして、ヘリオスを勇者に任命した王を。

自分達は仲間の死すら乗り越えて、勇者になるため、それだけのために実力をつけたというのに。

「――――いいか。今度の対魔会合で、ヘリオスを……いや、勇者パーティを殺す」

短く整えられた髪に、傷だらけの顔。右目は負傷してるのか黒い眼帯で被われている。その傷はどれも、勇者になるための訓練でついたものだった。

男の名はメルギルス。元勇者候補の一人だ。

「この日まで長かった。やっとあの紛い物の勇者を屠れる」

メルギルスの意見に賛同したこの男の名はムスファー。筋肉が異常なまでに発達した、スキンヘッドの巨大な男だ。

彼もまた元勇者候補の一人で、メルギルスと同じくヘリオスが許せなかった。

「貴方達には残念だけど、もしかしたら勇者パーティはこの国までたどり着けないかもね」

そして勇者候補唯一の女性、モルドネ。

女性らしいやんわりした口調とは裏腹に、獣のような目付きと、鋭い犬歯が特徴的だ。

「おいモルドネ、それはどういうことだ？」

モルドネの意味深な言葉に、メルギルスは眉をひそめた。

「貴方達って本当に脳筋よね。わざわざこの国にくるまで待つことないじゃない。ここに向かってくる道中なんて、絶好のチャンスでしょ？　既に手配はしてあるわ」

「モルドネっ！　なにを勝手なことを」

ムスファーが苛立ち、壁に巨大な拳を叩きつけた。

「落ちつけムスファー。奴らのパーティにはファルメイアがいる。俺達が直接手を下すならまだしも、モルドネの手下ごときじゃどうにもならんだろ」

もはやメルギルスとムスファーの怒りはヘリオスが死ぬだけでは収まらなくなっていた。

自分達の手で、実力の差をわからせてから殺さなければ。

「なによー、私の部下だって結構やるんだからね」

その点、モルドネにこだわりはなく、ただヘリオスが死ねば満足だった。以前の暗殺未遂もモルドネの仕業だ。

とにかく彼らに共通するもの。それは勇者に対するただならぬ怒りと、過酷な試練で負った傷だらけの体。

元勇者候補の三人は、勇者パーティがこの国にくるのを今か今かと心待ちにしていた。

＊

――――いよいよ出発の日になった。

「ルシアナ、朝だよ、ほら起きて！」

「ん～、お兄様がいっぱい…………全部私のですわ～…………」

もうラナが馬車で家の前まで迎えにきてるっていうのに、ルシアナが中々起きない。意味のわからない寝言をぼやいてるし……

僕がいっぱいって、いったいどんな夢を見てるのやら。

「もういっそ、置いていってはどうでしょうか？」

「私もそれでいいと思うわ」

先に起きて用意を済ませたリファネル姉さんとレイフェルト姉が、いつまでも起きないルシアナに対して結構ひどいことを言う。

ルシアナも起きれないなら、僕とセロルの修行に付き合わなくてもいいのに。今日は朝が早いってわかってたんだからさ。

「それはさすがに可哀想だよ」

姉さん達だったら本当に置いてきかねないので、一応止めておこう。

ルシアナだったら置いていっても、すぐに魔術で追い付いてきそうだけどね。

＊

「ごめんねラナ、遅れちゃって」

ずっと馬車で待ってくれていたラナに謝る。

結局ルシアナは起きなかったので、リファネル姉さんが抱きかかえて移動させることに。

「初めましてラナ殿！　今日は拙者の同行を許可してくださって、ありがとうございます！！！」

それと、なぜかレイモンド王国までイブキもついてくることになった。

一度大きな国を見てみたいっていうから、駄目元でラナに聞いてみたらオーケーがでた。

遊びにいくわけじゃないのはわかってるけど、レイモンド王国に行きたいっていうイブキの気持ちは僕にもわかる。

なにせこの大陸で一番大きく、一番栄えてる国でもあるからね。

僕は勇者の物語が好きだから、その勇者が誕生した始まりの国に行くのが楽しみでもある。

「馬車の座席にはまだ余裕があったので大丈夫ですよ。なによりラゼル様の頼みです、聞かないわけにはいきませんもの。イブキさんですよね？　よろしくお願いします」

「はい、こちらこそよろしく頼みます！！！」

ラナはイブキの声の大きさに少し驚いてたけど、二人は握手を交わした。

「ありがとうねラナ。イブキもどうしても行きたいっていうからさ。助かったよ」

「ふふ、大丈夫ですよ。そんなことより、いつの間にこんな小さな女の子と仲良くなってたんですか？」

「ん～、イブキはどっちかというと僕じゃなくて、リファネル姉さんと仲がいいんだよ。ね、リファネル姉さん？」

「ラゼル！　お姉ちゃんをからかっては駄目ですよ？　私はイブキと仲がいいわけではありません！　むしろ鬱陶しいくらいです！」

「そんなこと言わないでください、リファネル殿～！！！」

「こら！　また蹴り飛ばされたいのですか⁉」

ルシアナを抱きかかえて、イブキにも抱きつかれて、リファネル姉さんは大変そうだ……

ある意味妹が一人増えたみたいにも見える。

「こんなとこで話してても仕方ないし、早く馬車に乗りましょうよ。私まだ眠いのよ。馬車でラゼルを抱き枕にして寝るんだから」

あくびをしながら僕の手を引っ張って、レイフェルト姉は馬車に入ってしまった。つられて僕も馬車に乗り込む形に。

こういうのはラナが最初に乗るもんじゃないかな。

あと、寝るのは勝手だけども、僕を枕にするのは勘弁してほしいよ。

「それじゃあ出発しましょうか。少し長い道程になると思いますが、皆さんよろしくお願いしますね」

こうして、みんな馬車に乗り込み、僕達はレイモンド王国へ向かって出発したのだった。

今回はゼル王国のときのように戦闘が前提の旅じゃなくて、あくまでも話し合いの場に赴くだけだから危険はないはずだけど、勇者候補の物騒な話もあるし油断せずにいこうと思う。

《了》

特別収録　秘湯マビツルンワキ

「温泉に行きましょう！！！」

それはとある日の朝食時。リファァネル姉さんからの、突拍子もない提案だった。

「いきなりどうしたってのよ？」

急な提案にレイフェルト姉も不思議がっている。

「……温泉ですか、私はお兄様と二人で行きたいですわ！」

ルシアナはまだ起きたばかりで眠いのか、目を擦りながらこんなことを言ってる。姉さんが提案してるのに、僕と二人で行きたいっていうのもすごい返しだよね。

「ふふ、貴女達の意見はどうでもいいのですよ、レイフェルト、ルシアナ。私はラゼルに聞いてるのです！　どうですか、ラゼル。お姉ちゃんと一緒に温泉でゆっくりしませんか？」

ルシアナとレイフェルト姉を軽くあしらったあとで、リファァネル姉さんが後ろから抱きつきながら聞いてきた。

ふよふよと、重量感ある胸が僕の後頭部に乗った。

この当たり前のように抱きついてくるのは、いい加減やめてほしい。

最近じゃあまりに自然に、当たり前のようにくっついてくるから、僕もいちいち文句を言わなくなったけれど。

慣れって怖い。って思うと同時に、僕がいくら言ってもどうせやめてくれないだろうなって思いが強いんだよね。

仮にもし本気で拒絶したとしても、レイフェルト姉には上手いこと言いくるめられそうだし、リファネル姉さんは泣き出しちゃうかもしれない。ルシアナの場合は、下手したら魔力を暴走させて大変なことになる可能性すらあるし。

結局、僕が我慢すればいいかってなっちゃうんだよね。

「温泉って、ここら辺にそんな場所あったっけ？」

「じゃん！　これを見てください！！！」

リファネル姉さんがビラを一枚テーブルに置いた。僕はその内容に目を通していく。

＊

一通り目を通したので、まとめてみようと思う。

まず温泉の名前は『マビツルンワキ』といって、伝説の秘湯らしい。

効能効果は、美肌、健康、疲労回復、肩こり腰痛改善、やる気向上、性欲向上。等々、他にも数えきれないほど書いてある。

そして最後に。

この秘湯を発見することができるのは、強者と幸運をあわせ持つ、一握りの限られた者のみ。

皆さん、こぞって挑戦してください。

注※混浴です。

と書かれていた。

いろいろ気にはなるけど、まずはひとつ。

「これさ……混浴って書いてあるんだけど？」

僕は一番引っかかった部分を指摘してみた。

温泉は正直いいなと思ってしまったけど、混浴はさすがにやだなぁ……

「それはお姉ちゃんも恥ずかしいですが、ラゼルと一緒に温泉に入りたいんです！　タオルを巻けばきっと平気ですよ！」

「いやいや、他の人にも見られるんだよ！？」

百歩譲って僕だけならまだいい。

だけど、見ず知らずの他人にも姉さん達の肌をジロジロ見られると思うと、なんともいえない気持ちになる。

「それなら大丈夫です。伝説の秘湯というだけあって、今までこの場所を発見できたのはシャルゼナという、Ｓランクの女性冒険者ただ一人だけらしいですから」

発見者が一人って……しかもＳランクの冒険者とか。僕達は見つけることができるんだろうか。

「それならひとまずは安心だけど……」

「でも嬉しいです！　ラゼルはお姉ちゃんが他人に肌を晒すのを心配してくれたんですよね？」

「まぁ、それもあるけどさ」

「ああもう！　ラゼルはお姉ちゃんが本当に大好きなんですね！　可愛いです！」

僕に抱きつくリファネル姉さんの腕にいっそう力が入る。

「ていうかこの紙どうしたの？　随分と古いけど」

リファネル姉さんが持ってきた秘湯のことが書かれたビラは、所々破けていて、かなり昔の物のようだった。

「ギルドの掲示板に貼ってあるのをたまたま見つけたんです。昔は何人もの冒険者が挑戦したそうですが、一向に発見者が出てこないことに加え、挑戦者も全然いないので、もう掲示板から外そうとしてたみたいです」

ギルドには依頼内容が貼ってある掲示板の他に、この国で起こった出来事なんかを記事にして貼る掲示板がある。

新しくできたお店の宣伝だったり、窃盗犯の人相とか、様々な情報が書かれている。リファネル姉さんが持ってきたこの古い紙を見るに、随分前から貼りっぱなしになってたんだろうね。

「そんな冒険者が何人も挑んで見つけられなかったものを、僕達が簡単に見つけられるとは思えないんだけど……」

僕もこういう冒険者っぽい、宝探し的なのは嫌いじゃないし、どっちかっていうとワクワクするんだけど、Ｓランクの冒険者しか発見できなかったっていうのが引っかかる。

もしかしてＳランク相当の実力がないと辿り着けないような、危険な場所にあるんじゃないかな。

「大丈夫です！　お姉ちゃんが絶対に見つけてみせますから！　ほら、行きましょう！」

リファネル姉さんが僕の脇腹辺りを掴んで、ぐいっと持ち上げた。

「え、今から行くのっ！？？」

「ええ、善は急げといいます！　他の冒険者に先に見つけられても困りますからね！」

他に挑戦する冒険者がいないから掲示板から外されそうになってたって、自分でも言ってたのに。

こんな古い記事を見て挑戦するのなんて僕達以外いないと思うよ……

まぁ、リファネル姉さんはお風呂が大好きだからね。気分が高揚するのも仕方ないのかな。

「せめてもうちょっと調べてからにしようよ。ほら、セゴルさんに詳しく話を聞くとかさ」

他の冒険者達が発見できなかったとはいっても、惜しいところまでいった冒険者はいるかもしれない。

その情報を共有することができたらラッキーだ。

「安心してください！　この紙を見つけたときに、詳しい話は聞いておきました。あとは出発するだけです」

もう既に聞いてたのか。すごい行動力だ。

「でもほら、ルシアナとレイフェルト姉の意見も――――」

「私はいつでも大丈夫よ！　伝説の温泉なんて最高じゃないの！」

「うふふ、お兄様と一緒にお風呂ですわ！」

うわぁ、二人ともめちゃめちゃ乗り気じゃないか……

「さぁラゼル！　温泉を見つける旅に出ましょう！」

ここまで盛り上がった三人を僕が止めるのは、もはや不可能に近い。こうなったら、僕も冒険者らしく冒険を楽しもうかな。

「はぁ……わかったよ姉さん。だけど、最低限の用意はさせてね」

こうして僕達は急遽、伝説の秘湯『マビツルンワキ』を探すことになったのだった。

＊

シルベスト王国から馬車で西に進むこと、約三日。僕達は目的地に到着した。

「………こんなところに本当に温泉があるのかな？」

馬車を降りた僕達四人の眼前には、雄大な森林が広がっていた。

あのあと、リファネル姉さんがセゴルさんから聞いたという情報を詳しく聞いた。

結論からいうと、たいした情報はなくて、わかったのは温泉があるといわれている森林の場所だけだった。

なんでこの情報だけで自信満々だったのか、本当に謎だ。

ちなみにここは『カエラズノ森林』という、物騒な名前までついている。

「ええ、間違いありません！　秘湯の発見者であるシャルゼナが与えた唯一のヒントが、このカエラズノ森林のどこかに温泉があるとのことだったので」

「でもこんな広い場所で温泉を探すって、少し無謀すぎないかな？　第一、もう何人もの人が探して見つからなかったんでしょ？」

カエラズノ森林は見渡す限り木々に覆われていて、一日二日で全部を調べるなんて到底不可能だ。

「ふふ、いつもの前向きさはどこにいっちゃったのかしら、ラゼル」

僕の困り顔を見て、レイフェルト姉が茶化してくる。

「でもさ、こんな広いんだよ？　温泉がどれくらいの大きさかはわからないけど、やっぱあまりに無謀だったんじゃないかなって……」

「逆よ逆！　こんなに広いんだから、まだ探してない場所も沢山あるって考えましょ！！！」

「レイフェルト！　貴女もたまには良いことを言うではありませんか！　少し感心しましたよ」

「たまにはってなによっ！？？　私はいつだって良いことしか言わないわよ！」

二人の言い合いはいつものことなので放っておくとして、たしかにやる前から否定的なのは僕らしくなかったかもね。

「見てくださいお兄様！！！　お姉様達の真似ですわ！」

「どうしたのルシアナ……って、プフッ、その胸どうしたのさっ！！？」

呼ばれたのでルシアナのほうを見ると、なんていうか………ルシアナが巨乳になってた。

僕が姉さん達と会話してる間に、視界の端でなにかコソコソと動き回ってるなとは思ってたけど。本当になにをやってるんだか。

不覚にも少し笑っちゃったじゃないか。

「ふふ、これはですね、じゃじゃーん！！！　こういうことですわ！」

そう言ってルシアナは服のしたから胸の辺りに手を忍ばせ、ある物体を鷲掴みにして僕に見せてきた。

「これは……スライム！？？」

「正解です！　お姉様達に似てましたか？」

ルシアナが握っていたのは水色のプヨプヨとした魔物、スライムだった。害のない魔物とはいえ、よく服の中に入れられるよ……

「う〜ん、少しは似てたかな」

「あら、私のはスライムなんかよりもっと柔らかくてもみ心地がいいはずよ！　ほら、触って確かめてみなさい！」

何故かスライムに対抗意識を燃やして、レイフェルト姉が僕に胸を押しつけてきた。そもそもこんなことしなくても、いつも寝ながら抱きついてくるので、レイフェルト姉の胸が柔らかいことは知ってる。

って、なに考えてるんだ僕は……

「もうこんなことしてたら日が暮れちゃうし、早く入ろうよ！　ほらルシアナもそのスライムは捨てなよ」

レイフェルト姉の胸を押し返して、僕達はカエラズノ森林へと足を踏み入れた。

できることなら今日中に、伝説の秘湯マビツルンワキを見つけられたらなと思う。

＊

カエラズノ森林を進むことしばらく。僕達は大量のゴブリンに囲まれていた。

「レイフェルト、そっちにもいきましたよ！」

「わかってるわよ！」

リファネル姉さんとレイフェルト姉が、次々とゴブリンを両断していく。

僕はあぶれたゴブリンを倒そうと注意を払ってるんだけど、姉さん達がゴブリンを見逃すことなんてあるわけもなく……

僕を守るという役目を姉さん達から承ったルシアナと二人で、魔石に変わってくゴブリンを眺めていたのだった。

「それにしても、さっきからやけに魔物が多いね」

カエラズノ森林に足を踏み入れてからというもの、今しがた倒したばかりのゴブリン以外にも、いろんな魔物が襲ってきた。

たまにBランクの魔物がいるものの、そのほとんどはCランクで、姉さん達が手こずるようなやつはいないんだけど、如何せん数が多すぎる。

そのせいもあってか、僕達はあまり奥まで進めていない状況だった。

「こんな雑魚、どれだけいようと問題ありません！　ラゼルはお姉ちゃんと温泉に入ることだけを考えててください」

「そうかもしれないけどさ……」

リファネル姉さんはこう言うけど、その雑魚のせいで温泉の探索が進んでいないのも事実だ。

戦ってくれる姉さん達の代わりに、僕は目を凝らして周囲を確認しながら歩いてるんだけど、今のところ温泉についてはなんの情報も得られていない。

「大丈夫よラゼル！　ここにきてわかったけど、私は案外簡単に温泉が見つかると思うわ」

「え？　なにかわかったの！？？」

僕は全然だけど、レイフェルト姉はなにか気づいたんだろうか？

「いや、あくまでも憶測でしかないんだけどね。私達って、今この場所にくるまで相当数の魔物を倒したでしょ？」

「そうだけど。それが温泉のヒントになるの？」

もう姉さん達が倒した魔物の数は数百はくだらない。

荷物になるから放置してるけど、この魔石を全部持ち帰ったら結構な額になるはずだ。

「考えてみなさいよ！　私とリファネルだからこそ簡単に倒して進んでるけど、これが他の冒険者だったらどうかしら？　きっと温泉を探すどころか、命の危機を感じて引き返すはずよ」

た、たしかにその通りだ。

普通の冒険者ならパーティを組んでいたって、せいぜい四、五人。多くても十人を越えるパーティは中々いない。

姉さん達だからこそ、こんな簡単に進めてるってだけで、他のパーティなら余程ランクの高い仲間がいるか、数十人構成の大規模なパーティでもない限りこう上手くはいかないだろう。

「つまり温泉を探しにきた他の冒険者達は、魔物の数に嫌気がさして、奥のほうを探索することなく帰った可能性が高いってこと、だよね？」

「その通りよ！　だからこのまま魔物を蹴散らしながら進めば、意外にもあっさり見つかるかもってことよ」

これなら温泉が今まで見つからなかった理由にも納得だ。

唯一の発見者シャルゼナさんは、Sランクの冒険者だし、とんでもなく強いはず。この数の魔物を倒しながらでも難なく進めると思う。

「すごいよレイフェルト姉！　戦いながらそこまで考えてるなんて！」

「まぁ、レイフェルトの言うことも一理ありますね。私は当然気づいてましたが」

「胸だけじゃなく、ちゃんと脳ミソにも栄養がいってるようで安心しましたわ！」

「ちょっと、なによその言いぐさはっ！！！　もっと素直に誉めなさいよね！　少しはラゼルを見習いなさい」

リファネル姉さんもルシアナも、口は悪いけどレイフェルト姉の推測に納得したようだった。

あとはとにかく、見逃しがないように、周りに注意しながら奥に進んでいくだけだ。とりあえず僕は、プンプンと怒ってるレイフェルト姉を宥めといた。

＊

あれからさらに数刻がたった。

魔物との遭遇率は依然として高いものの、だいぶ奥のほうまで進んでこれた。

「もううっすらと暗くなり始めてるけど、どうする？」

こうなってくると、真っ暗になるのはあっという間だ。

伝説の秘湯は諦めて帰るか、どこか眠れそうな場所を探すか、どっちか決めないと危ない。

僕的にはもう諦めて帰るのも全然ありなんだよね。

「そうですね、ではそろそろ寝床を探すとしましょうか！」

リファネル姉さんは野宿する気満々か……。

「あ！　あっちに丁度良さげな洞穴があるわ！　ルシアナ、魔物がいないか調べにいくわよ！」

「なんで私まで行くんですか！　私はお兄様を守ってるんです、行くならお一人でどうぞ！」

「貴女の魔術がないと真っ暗でなにも見えないでしょうが！　ほら、ラゼルのことはリファネルに任せて行くわよ！！！」

「あ～ん、お兄様ぁー！！！」

レイフェルト姉は僕の隣にいたルシアナを半ば無理矢理引きずって、洞穴の中に躊躇なく入っていった。

「疲れましたか、ラゼル？」

みんなと違って体力のない僕を気遣ってくれたのか、リファネル姉さんが心配そうに僕を見てきた。

「ううん。魔物は姉さん達が倒してくれるから、全然疲れてないよ。僕にも少しは戦わせてほしいくらいだよ」

「駄目です！　ラゼルはスライムしか相手にしてはいけません！！！　なにかあったらどうするんですか！」

「スライムなんて相手にしてどうするのさ……」

大方、リファネル姉さんの返事は予想通りだけどね。

ていうかスライムなんて害のない魔物、わざわざ戦う必要はない。

なにもしてこないし、倒しても砂粒ほどの小さな魔石しかでない。誰も相手にしないようなプヨプヨしてるだけの魔物、それがスライムだから。

「でもやっぱり、初めてくる場所って冒険してる感があって楽しいよね。温泉探しも宝を探してるみたいだし」

「ええ、私はラゼルと二人だったらもっと楽しかったんですが」

「そんなこと言わないでよ。レイフェルト姉とルシアナもちゃんとああやって、寝る場所の安全を確認してくれてるんだからさ」

「まぁそれもそうですね。――――おや、どうやら安全確認は終わったようですね」

「あ、本当だね」

レイフェルト姉とルシアナが、洞穴の入り口からこちらに手を振っている。洞穴内は安全のようだ。

僕とリファネル姉さんも洞穴に向かって歩を進めた。

＊

「うわぁ、すごい綺麗だね、それに明るい」

洞穴内は暗くてルシアナの魔術で火でも出さないとなにも見えないと思ってたんだけど、全然そんなことはなかった。

壁一面に優しい光を発する苔がついてるおかげで、丁度いい感じの明るさになっている。

そしてその光を、洞穴内に転がってる半透明の石が反射していて、なんとも幻想的な光景が広がっていた。

これを見れただけでも、今日ここにきてよかったと思えるくらい、本当に綺麗だ。

「これはピカリゴケに、黎明石ですか。なるほど」

「どうかしたの、リファネル姉さん？」

姉さんが転がってる半透明の石と、壁についてる苔を交互に見て、ひとり頷いている。

「いえ、たいしたことではないのですが。この黎明石とピカリゴケは、とても高価なものなんです。それがこんなわかりやすい場所にある洞穴にこれだけ大量にあるということは、レイフェルトの予想通り、他の冒険者達はここまで辿り着くことはできなかったようですね」

そういうことか。もし他の冒険者がこの洞穴のある地点まで来ていたなら、黎明石もピカリゴケもとりつくされてるはずだもんね。

「じゃあ明日からはじっくり、見逃しがないように進まないとだね」

「ええ、そうですね。明日こそは絶対に温泉を見つけてみせます！」

今日は相当数の魔物を相手にしたっていうのに、リファネル姉さんに疲れた様子はなく、秘湯探しに向けて気合い十分だ。

「ちなみに、この黎明石とピカリゴケだっけ？　高価って言ってたけど、どれくらいのものなの？」

単純な好奇心で聞いてみた。

「そうですねぇ、これだけの数があれば大きめの家を買っても、余裕でお釣りがくると思います」

そんなに価値が……

冒険者達もこれを見つけたら温泉どころじゃないだろうね。

でも次々と現れる魔物を相手にしながら、これらを大量に運ぶのはそれはそれで大変だろうけど。

少しだけポケットやポーチに入れて、お小遣い稼ぎするにはいいかも。僕も少し持って帰っちゃおうかな。

「じゃあ温泉を見つけたら、帰りにまたここに寄って持って帰りましょうよ！　それでパーッと、高いお酒を呑むのよ！」

レイフェルト姉も僕と同じで、持ち帰る気満々だ。

でも、こういう予期せぬお宝も冒険の醍醐味だよね。

「石を持ち帰るのは結構ですけど、私はお腹が空きました……」

ぐぅ～とルシアナのお腹の音が洞穴内に反響した。

「それじゃ今日はご飯を食べて、明日に備えてゆっくり寝ようか」

こうして、僕達の秘湯探しの旅、一日目が終わったのだった。

＊

次の日。秘湯探し二日目が幕を開けた。

昨日は洞穴内ではあったけど、疲れもあってかぐっすり眠れたので、体調は良好だ。今日も昨日と同じ感じで進んでるんだけど、カエラズノ森林の奥に進むにつれて、昨日と変わってきたことがひとつある。

それは魔物の数は減ったものの、現れる魔物のランクが上がったことだ。

昨日はほとんどがCランクの魔物ばかりで、Bランクの魔物は珍しかったのに対し、今日はその反対。数こそ減ったものの、Bランクの魔物がほとんどだ。

だけども、

「いや〜、魔物の数が減って楽になったわねぇ！」

「ええ、これなら今日はかなり進めそうです！」

戦闘係の二人にとっては逆にラッキーだったようだ。

魔物がどんどんと細切れになり、魔石へと変わっていく。

普通の冒険者なら出てくる魔物のランクがひとつ上がったってだけで脅威だろうけど、SランクのドラゴンすらBランクに倒してしまう二人にとっては、CランクがBランクになろうとも大した違いはないのかもしれない。

僕達は更にカエラズノ森林の深部へと進んでいった。

ちなみに、今日も僕は戦闘に参加はできず、ルシアナに守ってもらいながら温泉を探している。

まぁとはいっても、リファネル姉さんとレイフェルト姉が魔物を討ち溢すことなんてほとんどないので、ルシアナは僕にくっついて満足気に歩いてるだけだけど。

*

「……今日も見つけられなかったね、温泉……」

僕達は今日も温泉を見つけることができないまま、夜を迎えてしまった。

今夜は昨日のように都合よく洞穴を見つけることはできなかったので、ルシアナの魔術で岩壁をくり貫いてそこで一夜を明かすことに。

「明日こそは必ず見つけてみせます！」

と、まだリファネル姉さんは温泉を探すつもりみたいだけども、

「明日こそっていうか、明日見つけられなかったらもう帰らないと。持ってきた食糧が持たないよ」

さすがにその日に温泉が必ず見つかるとは思ってなかったので、食糧もある程度は持ってきたつもりだったけど。帰りの分も含めると、明日が限界だ。

「まぁ、見つからなかったら見つからなかったで仕方ないじゃないの！　昨日の洞穴で石を持って帰りましょうよ！」

「いいえ、明日こそは絶対に見つけるんです！　レイフェルト、貴女も気合いをいれなさ

い！！！」

「はいはい、わかったわよ！　じゃあ私はもう寝るからね。おやすみ～」

レイフェルト姉はリファネル姉さんを軽くあしらって、一足先に寝てしまった。

「お兄様、温泉が見つからなかったら家で一緒に温泉ごっこしましょうね！」

僕もそろそろ寝ようとしたところで、ルシアナが寄りかかりながらこんなことを言ってきた。

「いやいや、温泉ごっこってなにさ」

「家のお風呂に一緒に入るんです！」

「そんなこといって、いつも勝手に入ってくるでしょ……それにもし温泉が見つかっても、ちゃんとタオルを巻くんだよ？」

「わかってますわ！」

本当にわかってくれたのかな……？

ていうか混浴って書いてあったけど、そもそも管理する人がいるわけじゃなさそうだし、別々に入ってもいいんじゃないかな。

ルシアナはまだいいとして、リファネル姉さんとレイフェルト姉が全裸で入ってきたらさすがにヤバいよね……

ルシアナに比べたら多少は恥じらいがあるし、大丈夫だとは思うけど、少し心配だ……

まぁ細かいことは温泉が見つかってから考えればいいか。見つからない可能性も出てきたわけだし。

「じゃあ僕もそろそろ寝るよ。明日こそは温泉見つけようね」

こうして、なんの成果も得られないまま二日目も終わりを迎えたのだった。明日が最終日だし、温泉見つかるといいけど。

＊

そして迎えた三日目。

今日見つからなければ諦めるしかないということもあって、リファネル姉さんとレイフェルト姉は昨日以上の速さで、魔物をどんどん斬って進んでいく。

かなり奥のほうまできたからか、たまにAランクの魔物にも遭遇するようになってきた。姉さん達にはそんなの関係ないようだけど。

僕はもったいないので、温泉を探しながらも、荷物にならない範囲でAランクの魔物の魔石だけは拾うことにした。

「む、この匂いは……」

今まですごい速さでつき進んでいたリファネル姉さんが、ピタリと足を止め、鼻をくんくんと動かしている。

「どうしたの姉さん、なにかあった？」

「微かにですが、温泉の匂いがします！！！」

それはこのカエラズノ森林に入ってから、初めて得た有力な情報だった。

「本当に！？？」

「ええ僅かとはいえ、間違いありません！　このまま進めば必ず温泉があるはずです！」

よかった……ギリギリにはなっちゃったけど、このままいけば、温泉を見つけることはできそうだ。

「伝説の秘湯ってどんなのか、ワクワクするわね」

温泉があることがわかって、レイフェルト姉も浮かれている。

「私はお兄様と一緒なら、温泉でも家のお風呂でも水溜まりであろうとも、たいした違いはありませんわ」

「さぁ、早くいきますよ！！！」

う〜ん、ルシアナの気持ちは嬉しいけど、さすがに水溜まりには入りたくないかな……

それでもやっぱり、一番嬉しそうなのはリファネル姉さんだ。

僕達は温泉の匂いを嗅いで先走ってしまったリファネル姉さんのあとをついていくことに。

＊

「むむむ……温泉がこの下にあるのは間違いないのですが……」

リファネル姉さんが眉間に皺を寄せて、考え込んでいる。

あれから更に進んでいって、僕達はついに秘湯の目前にまできていた。

「この下って……入り口とかは見当たらないけど……」

温泉がこの下にあると言って、リファネル姉さんが立っているのは、なんの変哲もない普通の地面だった。

普通なら、とてもじゃないけどこの下に温泉があるなんて信じられない。

だけども、ここら辺は僕でも温泉の独特な匂いを感じることができるくらいに匂いが強い。

近くに温泉があるのは間違いないと思う。

「どいてください！　私が地面を吹き飛ばしますわ！」

ルシアナが魔術を放とうとして、

「こら、やめなさいルシアナ！　温泉が埋もれたらどうするんですか！！！」

焦ったリファネル姉さんに止められていた。

たしかにルシアナの魔術なら簡単に地面に穴を空けられるだろうけど、温泉が無事な保証はないもんね。

ここまできて、温泉は見つけたけど土砂に埋もれて入れなくなりました、じゃあまりに残念だ。

「う〜ん、でも入り口らしい洞穴とかも見当たらないのよねぇ」

僕とレイフェルト姉はさっきから周辺を捜索してるんだけど、それっぽいものを見つけることはできない。

この地面の下に温泉があるのは間違いないのに、そこに行くための入り口がないなんて、そんなことがあるだろうか？

唯一の発見者であるシャルゼナさんは、いったいどうやって温泉までいったんだろうか？

なにかヒントはないものかと、僕はリファネル姉さんが最初に持ってきた紙を見返してみることに。

「ん？」

「あら、どうしたのラゼル？」

「いや、温泉のことが書かれた紙を見返してたら、少しだけ気になる一文を見つけてさ」

「どれどれ」

僕はレイフェルト姉に、気になったところを教えた。

～この秘湯を発見することができるのは、強者と幸運をあわせ持つ、一握りの限られた者のみ～

「強者っていうのは、魔物の数も多いしランクも高いからわかるんだけどさ。ここの『幸運』ってなんだろうなと思って。まぁ関係ないかもだけど」

「たしかに気になるわね。これを信じるとするなら、温泉の入り口を見つけるには運的要素が必要ってことかしら……？」

「どうなんだろうね。とりあえず、リファネル姉さんとルシアナにも話してみて、一旦作戦会議にしようよ」

「そうね、みんなで考えればなにかわかるかもしれないわ」

＊

みんなでこれについて考えているところだ。

リファネル姉さんとルシアナもこの『幸運』という一文は少し気になったようで、僕達は今、

「でも、一概に幸運といわれましても。なにがなんだかさっぱりですわ」

「なるほど、たしかにこの一文はなにかのヒントかもしれませんね」

でもルシアナの言う通り、なにがなんだかさっぱりで、まだ答えはわからないまま。

「とりあえず考えられるのは、入り口が現れる日や時間帯が決まってるとかかしらね」

時間帯か、それならたしかに運的要素が強い。

問題はその時間帯が、小刻みにくるのかどうかだ。

もし何ヵ月に一度とかだったら、今ここにいてもどうしようもない。

『幸運』とか書くくらいだから、下手したら一年に数回とかもありえる。

「それでは、わざわざここまで来た意味がないではありませんか！」

「私にそんなこと言ったたって、現に八方塞がりなんだから仕方ないじゃない！　もしどうして
もっていうなら、一か八かルシアナの魔術にかけるしかないわね」

「しかし、もし温泉が埋もれてしまったら、もう二度と伝説の秘湯に入ることができなくなる

ということです……」

リファネル姉さんはお風呂が大好きだから、最悪な事態を想定してしまうんだろう。僕もルシアナの魔術で無理矢理入るのは反対だ。

これから先、もしかしたら僕達以外にも秘湯を求めて冒険者がくるかもしれない。温泉の発見者であるシャルゼナさんだって、きっとまた入りにくるだろう。

そうなったとき、温泉が埋もれてたら申し訳ない。

なにか見落としはないかと、それからもいろいろ案を出しあったけど、これといった決め手になるようなものはなく、ぼちぼち暗くなり始める頃合いになってしまった。珍しくリファネル姉さんがシュンと落ち込んでて、可哀想に思ってしまう。

今回はもう諦めて帰ろうと、そう僕が言い出そうとしたときだった。

――ぽつりぽつりと、雨が降ってきた。

「……雨だね」

最初こそ疎らに降っていた雨だったけど、一瞬にして勢いを増し、滝のように降り注ぎ始めた。

「ルシアナ！」

「了解ですわ！」

レイフェルト姉の呼び掛けに、ルシアナは魔術を放ち、昨日と同じように近くの岩壁をくり貫いた。

僕達は急いでそこに避難して、雨宿りすることに。

下手したら今日は、ここで一夜を明かすことになるかもしれない。

＊

「ひゃあ～、びしょびしょになっちゃったわね」

ブルブルと、頭を振って水を散らすレイフェルト姉。あの一瞬で、僕達はみんな水浸しになってしまった。

今はルシアナが魔術で出してくれた火で暖をとってるところだ。

「はは……『幸運』について考えてたら、結構な不運に見舞われたね……」

カエラズノ森林に入ってからこれまで、雨なんて全然降らなかった。なのに、この落ち込んでるタイミングでこんなどしゃ降りになるなんて、不運としかいいようがない。

「……ラゼルと温泉に入りたかったです」

隅っこで膝を抱えて座るリファネル姉さんがぼそりと呟いた。期待していただけにショックが大きかったんだろう。

「ほらリファネル姉さん！　そんなに隅にいないでさ、こっちにきて一緒に暖まろうよ。風邪引いちゃうよ？」

「うぅ、ラゼルは本当に優しくて可愛いですね、大好きです」

僕はリファネル姉さんを引っ張って、火のところまで連れてきた。

こうやって、みんなで火を囲むのも悪くないなと思いながら、濡れた体を乾かす。

＊

ある程度服が乾いたところで外を見ると、雨はすっかり止んでいた。どうやら通り雨だったようだ。

「ん、なんだろ、あれは？」

雨上がりの地面で、一部分だけ光ってるように見える場所がある。なにが光ってるのか気になって、僕はそこまでいってみた。

「これは……石、だよね？」

光ってる場所を軽く掘ってみると、人の頭くらいの大きさの石が出てきた。

眩しいくらいに青く光ってて、すごい綺麗な石。こんな石を見るのは初めてだった。でもどうしてさっきは気づかなかったんだろ？

さっきまでは光ってなかったのかな？

だとしたらどうして今になって、急に光り始めたんだろうか？

「ラゼル、一人で外に出たら危ないでしょ！」

「そうですよ！　ここはただでさえ魔物が多いんですから」

僕を心配してくれたのか、みんなも僕のところまできてくれた。

「どうかしましたの、お兄様？」

ルシアナが僕の顔を覗き込みながら聞いてきた。

「なんかこの石が光っててさ、気になったんだ。さっきまでは光ってなかったよね？」

「わぁ、本当ですね、綺麗ですわ！」

ルシアナもこの青く光る石を気にいったようで、じっくりと眺めている。

「あら、光水石じゃないの。珍しいわね」

座り込むようにして石を見ていた僕とルシアナの頭上から顔を出したレイフェルト姉が、光水石という聞いたことない言葉を口にした。

「レイフェルト姉はこの石を知ってるの？」

「ええ、私も見たのは初めてだけど光水石で間違いないと思うわ！」

「へぇ、どんな石なの？　黎明石みたいに高価とか？」

「高価かどうかはわからないけど、この石はある一定量の水を吸収すると、こうやって青く光るのよ。昔の人はこれを目印代わりに使ってたって……………あら？」

目印代わりに使ってた。そこまで言って、みんなその不自然さに気づき、顔を見合わせた。

こんなところに不自然に、ポツンとひとつだけ埋まっていた光水石。

偶然にしては、怪しすぎる。

絶対に何かあると確信した僕達は、石を持ち上げてどかしてみた。

すると、光水石の下には更に大きな平らな石が埋まっていて、周囲の土を払うと、それはまるで扉のようにも見えた。

「こ、これって…………！！」

扉のような平らな石をスライドさせると、そこには地下に続く階段のようなものが現れた。

そしてその奥からは、強烈な温泉の匂いが吹き出してきた。

「間違いないわ！　これが入り口よ！！！　お手柄よラゼル！」

「す、すごいですラゼル！！！　これで一緒に温泉に入れますね！」

「お兄様と一緒に温泉、最高ですわっ！！！」

嬉しいのはわかるけど、みんなして僕に抱きついてきて体が重いよ……

「と、とにかく進んでみようよ。まだなにがあるかわからないしさ」

もしかしたら中に魔物がいたり、罠が仕掛けてあるかもしれない。温泉を見つけるまで油断は禁物だ。

僕達は階段を、下へ下へと慎重に降りて進んでいった。

＊

「こ、これが秘湯マビツルンワキ……」

魔物に遭遇したり、罠が仕掛けてあるといったことはなく、階段を降りきった先には、地下とは思えないほどのかなり広い空間があって、そこには神秘的ともいえる光景が広がっていた。

僕達四人は、苦労の末にたどり着いた温泉を目の当たりにして、ただただ感動していた。

「すごいね……」

地下は洞穴内と同様、ピカリゴケがそこかしこにこびりついていて明るく、黎明石もそこら中に転がっている。

そして肝心の温泉はというと、大きさは家のお風呂の十倍くらいは優にあって、底に光水石が落ちてるのだろうか、温泉自体が青く光り輝いてる。

見た目は伝説の秘湯という名に恥じない、素晴らしいものだ。

あとは温泉にゆっくりと浸かって、その効果効能を堪能するだけ。

「一番乗りですわ！！！」

入る前に、温泉の熱さを調べようとしてたんだけど、いつの間にか全裸になっていたルシアナが温泉に飛び込んでしまった。

「ル、ルシアナ、大丈夫！？？」

予想外に熱くて火傷とかしてないといいけど……

「はふぁ～、極楽ですわ～！　お兄様も早くきてください～」

そんなに気持ちいいんだろうか。恍惚とした表情で、プカプカと仰向けに浮いてるけど。

ていうか、タオル巻いてないのにそんな格好してるから、見えちゃいけないものが全部丸見えだよ……

「じゃあ僕も早速、あっちのほうで一人で入ってくるね」

こんなに広いんだ、わざわざ近くで入ることもないよね。

「駄目ですよ、ラゼル！　一緒に入る約束です！」

「そうよ、せっかくの秘湯なんだから！　みんなで一緒に入るわよ！」

「いやいや、少し離れて入るだけであって、一緒に入ることに変わりはないでしょ？」

ルシアナはもはや仕方ないとして、この二人にお風呂で密着されるのは本当に勘弁してほしい。

「……近くで入らないと、一緒に入ったことになりません。ラゼルはお姉ちゃんとの約束を破るんですか……？　ぐすんっ……」

え〜、そもそも、そんな約束したっけ？

「あー、ラゼルがリファネルを泣かしたわ！　可哀想よ！」

そんなこと思ってもないくせに、レイフェルト姉も悪ノリしてきたし……

「あーもう、わかったから泣かないでよ姉さん！　一緒に入るから！　その代わり、タオルはちゃんと巻いてね」

まぁタオルを巻いてくれるならいつもの下着姿と変わらないし、大丈夫だよね。僕は自分に言い聞かせるようにして、無理矢理納得したのだった。

「ぼ、僕は先に入ってるから！」

姉さん達はその場で躊躇なく服を脱ぎ始めたので、僕は後ろを見ないようにして、急いで温泉に飛び込んだ。

「はわぁ～、き、気持ちいい……」

温泉に入った瞬間、全身を幸せな温もりに包まれた。ルシアナのあの恍惚とした表情にも納得だ。

雨に打たれた体が芯から温まっていくのを感じる。

疲れが湯に溶けてなくなったんじゃないか、そんな錯覚に陥るくらい心地いい。

「お兄様！　見てください、お風呂なのに泳げますの！」

ルシアナはバシャバシャと泳いで温泉を堪能してるようだ。

本当は泳いだりするのはよくないらしいけど、今日は僕達しかいないし口うるさく言うのはよそう。

あまりの心地よさに、もはやルシアナの裸は気にならなくなっていた。

「ほどほどにね～」

僕は極楽気分で、ルシアナに手を振った。

「お待たせしました、ラゼル！　いいお湯ですね～」

「はぁ～、なにこれ、気持ちいいわね～！」

続いて、リファネル姉さんとレイフェルト姉も入ってきた。二人も温泉には大満足のようだ。

ちらっと確認したけど、ちゃんとタオルも巻いてくれてるようで一安心だ。

＊

「いや〜、それにしてもあのときタイミングよく雨が降ってくれてよかったね！」

もし雨が降らなかったなら、光水石が光ることもなく、僕達はここの入り口を見つけることはできなかっただろう。

不運どころか、幸運の雨だったってわけだ。

「ええ、幸運とはよくいったものですね〜」

「そうね〜」

二人とも温泉でまったりしすぎて、語尾がだらしなく伸びちゃってるよ。

それにこの温泉、お湯が肌にスーっと染み込んでくようで、美肌効果もかなり期待できそうだ。

他にはどんな効果効能があったっけ。

「うふふ、ラ〜ゼル！　気持ちいいですねぇ〜」

夢見心地でまったりしてると、リファネル姉さんが僕の肩にそっと手を回してきた。

「ちょ、きゅ、急にどうしたの、姉さん！？？」

「別にどうもしませんよぉ〜、それよりほら、お姉ちゃんの肌に触ってみてください！　温泉の美肌効果でプルンプルンのツルンツルンです！」

どこか様子のおかしいリファネル姉さんのほうを見ると、いつの間にか体に巻いていたタオルはなくなっていて、顔がほんのりと上気している。

「リファネル姉さん、顔が赤いけど大丈夫？　のぼせたんじゃない？」

「むぅ、いいから、早く触ってみてくださぃ〜！」

触るまで納得しなそうだったので、僕は仕方なく二の腕辺りを指で軽く触った。

「――――ァアンッ！！！」

その瞬間、リファネル姉さんの艶かしい声が地下に響いた。

「ほ、本当に大丈夫！！？」

「私は大丈夫です。それよりラゼル……お姉ちゃん、なんだかムラムラしてきちゃいました……」

ムラムラって……

これは明らかにおかしい。

僕は助けを求めようと、反対側にいるレイフェルト姉のほうに顔を向けた。

「――レイフェルト姉！　リファネル姉さんがちょっと、おかしいんだ、け……ど……っ！？？」

なんと、隣にいたレイフェルト姉も何故かタオルを外していて、リファネル姉さん同様、上気した顔で僕をジッと見つめていた。

「あらぁ〜別におかしくないわよ。ラゼルを見てムラムラしちゃうのは仕方ないことでしょ？」

うわぁ……レイフェルト姉までおかしくなってる。こうなったら、頼みの綱はルシアナしかいない。

「ルシアナ、ちょっとこっちに来てほしいんだけど！」僕は少し大きな声でルシアナを呼んだ。

するとすぐに、背中に温泉とは違う温もりを感じた。

「呼びましたかぁ～お兄様！　むふふ、お兄様の背中は気持ちいいですねぇ～」

これは……確認するまでもなくルシアナもおかしくなってるね……

「あん、ラゼル！　もっとお姉ちゃんを見て触って、愛してくださぃ！」

「もう～、リファネルだけじゃなくて、私も見てちょうだい！　どこでも触っていいのよ？」

僕にくっついてきたルシアナを見て、リファネル姉さんとレイフェルト姉も負けじとくっついてきた。

僕の二の腕が姉さん達の胸の間にすっぽりとはまってしまった。

二の腕に火傷しそうなくらいの熱さと、スライムみたいな柔らかさを感じる。

「あぁ～、お兄様お兄様お兄様お兄様お兄様お兄様お兄様お兄様お兄様お兄様お兄様っ！！！！！」

ルシアナは体を僕の背中に激しく擦り付けてきてるし……

なんだろう……柔らかくて、いい匂いで、温かくて、熱くて、気持ちよくて、もうなにがなんだかわからなくなってきた。

「――――あ、あわわわぁ～！！！！！？？」

そしてついに、僕の精神は限界を迎えた。意識が遠のく……

なんでみんながおかしくなったのか、僕は薄れゆく意識の中で考えていた。

そして温泉の効果効能の欄に『性欲向上』の文字が書かれていたことを、ふと思い出した。

――――絶対これだ。

そう確信に至ったところで、僕は完全に意識を失ってしまった。

＊

――――少しだけ後日談を話そうと思う。

温泉で気を失った僕が次に目を覚ましたのは、家のベッドだった。

僕が気を失って、やっとみんな正気に戻ったようで、大急ぎで帰ってきたとのこと。僕は丸一日眠っていたらしい。

一番驚いたのは、馬車で三日かけてカエラズノ森林まできて、それから三日間歩き続けたっていうのに、家に帰るまでに要した時間が一日もかかってないってことだ。

リファネル姉さんは「ラゼルを早くベッドに寝かしてあげたかったのと、あとは温泉パワーです！」って言ってたけど。

まぁ馬車での移動も温泉を見つけるまでの道のりも、姉さん達は僕のペースに合わせてくれてたんだろうね。

ちなみに、温泉から帰る前に光水石や地下に続く扉のような石も、ちゃんと元に戻してくれたみたいだ。

開きっぱなしじゃ、魔物とかが入って荒らされるかもしれないし正解だと思う。

あれからも何回か、温泉の場所はもうわかったので、また行こうって話が出たけど、僕は全力で断っておいた。

一人で入れるならいいけど、姉さん達と行くのはいろんな意味で危険すぎるからね…………

秘湯マビツルンワキについての感想は、効果効能は本物なんだけど、そのどれもが効きすぎるっていうのが問題かな。

今回は『性欲向上』と『やる気向上』が悪さをしたんだと僕は思ってる。姉さん達は一体、なにをやる気になってたんだか……

想像するだけで恐ろしいよ……

いつか、一人であそこに辿り着けるくらいの実力が身に付いたなら、その時はまた行ってみたいな。

《特別収録　秘湯マビツルンワキ／了》

あとがき

どうも、戦記暗転です。

この度は【姉が剣聖で妹が賢者で】三巻を買ってくださり、本当にありがとうございます！！！

時が経つのは早いもので、初めて〈小説家になろう〉で投稿し始めてから二年以上経過してしまいました。

最近は年々時間の流れが早くなってきてるような気がしていて、少し怖いです。

子供の頃は一日一日が凄く長く感じたものですが……

このままでは気付いたらおじいちゃんになってるんじゃないか、そんなことを考えてしまうくらい時間の流れが早いです（汗）

まぁそれはさておき【姉が剣聖で妹が賢者で】ですが、何気なく書き始めた物語ではありましたが、皆様のお陰でなんとか三巻まで出すことができ、コミカライズまでしていただき、自分的には大変満足です。

漫画家さんやイラストレーターさんにも恵まれたと思ってます。

個人的には三巻目ともなるといろいろ慣れてくるかなと思ってましたが、この発売前のドキドキや、新しいキャラクターのデザイン、漫画のネームを見たりするのは未だに慣れませんね。

そわそわしてしまいます。

そしてなにより、一番楽しみなのは自分の書籍が本屋さんに並んでるのを見ることです。それを見て、やっと発売されたんだなぁって実感が湧きますね。

前回は発売日に本屋さんに行くことが出来なかったので、今回はなんとか行きたいなと思います。

この小説版の三巻が発売されてる頃には、コミカライズ版の二巻が既に発売されてると思いますので、そちらもどうぞよろしくお願いします。

それでは皆様、まだまだ大変な時期ではありますが、くれぐれもお体に気をつけて、健康にお過ごしください。

戦記暗転

漫画 そらモチ
原作 戦記暗転
キャラクター原案 大熊猫介
大人気おねショタ冒険譚
コミックでイチャイチャ度倍増！
ANEGAKENSEIDE
姉が剣聖で妹が賢者で
IMOUTOGAKENJYADE
コミック版単行本1～2巻
好評発売中！
コミックポルカ
COMICPOLCA

コミックポルカ
COMICPOLCA
pixivコミック
ニコニコ漫画
マンガBANG
マンガBANG!
上記サイトにて
好評連載中!!
姉が剣聖で妹が賢者で
原作：戦記暗転　漫画：そらモチ
キャラクター原案：大熊猫介
レベル1の最強賢者
原作：木塚麻弥　漫画：かん奈
キャラクター原案：水季
千のスキルを持つ男
異世界で召喚獣はじめました！
原作：長野文三郎　漫画：しぶや大根
キャラクター原案：新堂アラタ
毎週更新
金曜
話題のコミカライズ作品続々掲載！
©Daicon Shibuya ©Bunzaburou Nagano ©KANNA ©Kizuka Maya ©soramoti ©Senkianten ©SANKYO